GABRIELLE DE VILLENEUVE

A BELA E A FERA

A Bela e a Fera

GABRIELLE DE VILLENEUVE

TRADUZIDO POR FRANK DE OLIVEIRA

Ciranda Cultural

© 2020 Ciranda Cultural Editora e Distribuidora Ltda.

Traduzido do original em francês
La Belle et la Bête

Texto
Gabrielle de Villeneuve

Tradução
Frank de Oliveira

Preparação
Beluga Editorial (Erika Jurdi)

Revisão
Regiane Miyashiro

Ilustração de capa
Fabiana Faiallo

Produção, projeto gráfico e edição
Ciranda Cultural

Imagem:
Di Scribble/Shutterstock.com;

Dados Internacionais de Catalogação na Publicação (CIP) de acordo com ISBD

V738b	Villeneuve, Gabrielle de	
	A Bela e a Fera / Gabrielle de Villeneuve; ilustrado por Fabiana Faiallo. - Jandira, SP : Ciranda Cultural, 2020. 112 p. ; 16cm x 23cm. - (Ciranda Jovem)	
	Inclui índice. ISBN: 978-85-380-9335-0	
	1. Literatura infantojuvenil. I. Faiallo, Fabiana. II. Título. III. Série.	
2020-143		CDD 028.5 CDU 82-93

Elaborado por Vagner Rodolfo da Silva - CRB-8/9410

Índice para catálogo sistemático:
1. Literatura infantojuvenil 028.5
2. Literatura infantojuvenil 82-93

1ª edição em 2020
www.cirandacultural.com.br
Todos os direitos reservados.
Nenhuma parte desta publicação pode ser reproduzida, arquivada em sistema de busca ou transmitida por qualquer meio, seja ele eletrônico, fotocópia, gravação ou outros, sem prévia autorização do detentor dos direitos, e não pode circular encadernada ou encapada de maneira distinta daquela em que foi publicada, ou sem que as mesmas condições sejam impostas aos compradores subsequentes.

Sumário

Primeira Parte 7
Segunda Parte 69
Terceira Parte 85

Primeira Parte

Em um país bem distante daqui, existe uma enorme cidade, cujo comércio intenso lhe garante a prosperidade. Entre os cidadãos do lugar, havia um comerciante muito bem-sucedido e sobre quem a fortuna, ao sabor dos desejos dele, sempre espalhara seus melhores favores. No entanto, se por um lado tinha imensas riquezas, por outro tinha também muitos filhos. Sua família era composta de seis rapazes e seis moças. Nenhum deles havia se casado. Os rapazes eram jovens o bastante para não se apressarem de forma alguma. As moças, orgulhosas demais dos muitos bens a que tinham acesso, não se dispunham facilmente a se dedicar à escolha que tinham de fazer.

Sua vaidade se via lisonjeada pelas atenções constantes dos jovens mais destacados. Porém, um revés da sorte, com o qual elas não contavam, veio perturbar a tranquilidade de sua vida. Um incêndio atingiu a casa dele. Os magníficos móveis, os livros contábeis, os títulos bancários, o ouro, a prata e todas as mercadorias preciosas que compunham a fortuna do mercador foram tomados por aquela desgraça fatal, tão violenta que quase nada foi salvo.

Esse primeiro infortúnio foi apenas o precursor de inúmeros outros. O pai, que até então sempre havia prosperado por completo, perdeu ao mesmo tempo, seja em naufrágios, seja por ataques de corsários, todos os navios que tinha no mar. Seus parceiros de negócios o levaram à bancarrota; seus funcionários em terras estrangeiras lhe foram infiéis; por fim, da mais alta opulência, ele passou repentinamente a uma pobreza assustadora.

Tudo que lhe restou foi uma pequena casa no campo, situada em um lugar deserto, a mais de cem léguas de distância da cidade, aonde ele costumava ir para descansar. Forçado a encontrar um refúgio longe do tumulto e do barulho, foi para lá que levou sua família desesperada diante de tamanha transformação. Sobretudo as filhas desse infeliz pai, que apenas vislumbravam com horror a vida que iriam experimentar naquela triste solidão. Por algum tempo, elas se sentiam orgulhosas ao imaginar que, quando o pai revelasse sua decisão, os pretendentes que as haviam procurado se considerariam muito felizes em serem recebidos.

Imaginavam que todos iriam disputar entre si a honra de serem preferidos por elas. Chegavam mesmo a pensar que lhes bastaria querer para conseguir um marido. Mas não permaneceram por muito tempo em tão ledo engano. Elas haviam perdido o mais belo de seus atrativos, vendo sumir como um relâmpago a fabulosa fortuna do pai, e para elas a estação da escolha havia passado. A multidão ansiosa de adoradores desapareceu no momento de sua desgraça. A força dos encantos delas não conseguiu reter nenhum deles.

Os amigos não foram mais generosos que os pretendentes. Assim que elas ficaram na miséria, absolutamente todos fingiram não conhecê-las. A crueldade chegou ao ponto de atribuírem a elas o desastre que acabara de lhes acontecer. Aqueles que o pai mais considerava foram os mais apressados em difamá-las. Afirmaram que ele havia atraído esses infortúnios por causa de sua má conduta, de seus gastos excessivos e das despesas tolas que havia feito e que deixara os filhos fazerem.

Assim, essa família destroçada não poderia tomar outro caminho senão o de abandonar uma cidade onde todos ficavam felizes em zombar de sua desgraça. Não tendo recursos, eles se limitaram à sua casa no campo, situada no meio de uma floresta quase intransponível, e que poderia muito bem ser a morada mais triste da terra. Com que tristezas se defrontaram naquela terrível solidão! Viram-se forçados a executar os trabalhos mais penosos. Sem condições de ter alguém para servi-los, os filhos desse infeliz comerciante dividiram entre si as funções e tarefas domésticas. Todos se alternavam mutuamente nos trabalhos que o campo exige daqueles que querem tirar dele seu sustento.

Para as moças também não faltou ocupação. Como camponesas, viram-se obrigadas a cumprir, com suas mãos delicadas, todas as funções da vida rural. Vestindo apenas roupas de lã, sem ter mais como satisfazer sua vaidade, vivendo somente do que o campo podia lhes proporcionar, limitadas às necessidades simples, mas sempre tendo um gosto pelo refinamento e pela delicadeza, essas jovens sentiam o tempo todo saudade da cidade e de seus encantos. Até mesmo a lembrança dos primeiros anos de vida, passados em meio a risos e brincadeiras, lhes causava grande aflição.

No entanto, a mais jovem delas mostrou, em sua desgraça, mais confiança e resolução. Com uma firmeza inesperada para sua idade, ela generosamente tomou uma atitude. Não que não tivesse, a princípio, dado sinais de uma tristeza autêntica. Ah, quem não seria sensível a tais infortúnios! Mas, depois de ter lamentado as desgraças do pai, o que ela poderia fazer de melhor senão retomar sua alegria natural, abraçar por escolha a situação em que se encontrava e esquecer um mundo do qual tinha, com sua família, experimentado a ingratidão, e com cuja amizade estava plenamente convencida de que não poderia contar na adversidade?

Disposta a consolar o pai e os irmãos com a doçura de seu caráter e com a jovialidade de seu espírito, o que ela não imaginava para diverti-los agradavelmente? O comerciante nada poupara para a educação dela e de suas irmãs.

E a jovem aproveitou isso como pôde naqueles tempos difíceis. Tocando muito bem vários instrumentos, que acompanhava com a voz, convidava as irmãs a seguir seu exemplo; mas sua alegria e sua paciência só faziam entristecê-las ainda mais.

Essas moças, difíceis de serem consoladas diante de tantas desgraças, viam na conduta da caçula uma mesquinhez de espírito, uma baixeza de alma e até mesmo fraqueza por viver alegremente no estado a que os céus tinham acabado de reduzi-las.

– Como ela é feliz! – dizia a mais velha. – Ela é feita para trabalhos grosseiros. Com sentimentos tão baixos, o que poderia ter feito no mundo?

Tais discursos eram injustos. A jovem tinha muito mais condições de brilhar que qualquer uma delas.

Uma beleza perfeita adornava sua juventude, um estado de espírito equivalente a tornava adorável. Seu coração, tão generoso quanto piedoso, se fazia presente em tudo. Tão sensível quanto as irmãs às atribulações que tinham acabado de se abater sobre a família, com uma força de espírito incomum para seu sexo, ela soube esconder a dor e se colocar acima da adversidade. Tanta confiança foi vista como insensibilidade. Mas é muito fácil fazer um julgamento baseado na inveja.

Admirada por pessoas esclarecidas pelo que era, a menina logo chamara a atenção para si. Em meio a seu mais alto esplendor, se por um lado seus méritos fizeram com que se destacasse, por outro sua beleza lhe rendeu, por excelência, o apelido de Bela. Assim, chamada por esse nome, o que mais seria necessário para aumentar a inveja e o ódio das irmãs?

Seus encantos e a estima geral que adquirira deveriam tê-la feito esperar um casamento ainda mais vantajoso que o das irmãs; porém, preocupada apenas com os infortúnios do pai, longe de fazer qualquer esforço para retardar sua partida de uma cidade na qual tivera tanta aprovação, ela se empenhou para que isso acontecesse o mais rapidamente possível. A jovem demonstrou na solidão a mesma tranquilidade que tivera no meio da sociedade. Para diminuir o tédio, durante as horas de descanso, enfeitava a cabeça com flores e, como acontecia com as pastoras de outrora, a vida rústica, ao fazê-la esquecer o que aproveitara nos tempos de riqueza, proporcionava-lhe, todos os dias, prazeres inocentes.

Dois anos já haviam se passado e a família começava a se acostumar a levar uma vida no campo, quando uma esperança de retorno veio perturbar sua tranquilidade. O pai foi avisado de que um de seus navios, que ele pensara estar perdido, acabara de chegar a um porto, ricamente carregado. O aviso falava também da possibilidade de que seus representantes, aproveitando-se de sua ausência, teriam condições de vender a carga a um preço baixo e que, dessa forma, poderiam se apossar do que era dele. O pai comunicou a notícia aos filhos, que não duvidaram nem por um momento de que, graças a isso, logo teriam a oportunidade de deixar o lugar de seu exílio. Em especial as moças, mais impacientes que os irmãos, achando que não era necessário esperar nada de mais assertivo, queriam partir imediatamente e abandonar tudo. Mas o pai, mais cauteloso, implorou-lhes que moderassem o ímpeto. Apesar de ser necessário para a família, sobretudo numa época em que não se podia interromper o trabalho do campo sob pena de haver grande prejuízo, ele deixou os filhos encarregados da colheita e resolveu empreender sozinho a longa viagem.

Todas as filhas, exceto a caçula, já não duvidavam da possibilidade de logo se verem de novo na antiga opulência. Imaginavam que, ainda que as posses do pai não fossem o suficiente para levá-las de volta à cidade grande, local de seu nascimento, pelo menos teriam o suficiente para lhes permitir viver em outra cidade mais próspera. Ali esperavam encontrar pessoas interessantes, conseguir pretendentes, desfrutar do primeiro casamento que lhes propusessem. Quase sem pensar mais nos dissabores que vinham enfrentando nos últimos dois anos, acreditando que, como por um milagre, eram já transportadas de uma fortuna medíocre para uma agradável prosperidade, ousaram (pois a solidão não as fez perder o gosto pelo luxo e pela vaidade) sobrecarregar o pai com encomendas descabidas. Ele foi encarregado de comprar-lhes joias, enfeites, chapéus. Elas disputavam entre si para ver quem pedia mais. Mas o produto da pretensa fortuna do pai não teria sido suficiente para satisfazê-las. Bela, que não havia sido dominada pela ambição e que sempre agia com muita prudência, julgou num relance que, se ele atendesse a todas as solicitações das irmãs, nem valeria a pena ela fazer seu pedido. Mas o pai, surpreso com seu silêncio, disse-lhe, interrompendo as filhas insaciáveis:

— E você, Bela, não vai querer nada? O que devo trazer para você? O que quer? Pode falar sem medo.

— Meu querido pai — respondeu a doce jovem, beijando-o carinhosamente —, desejo algo mais precioso que todos os atavios que minhas irmãs lhe pedem. Se meu desejo puder ser atendido, me bastará a felicidade de vê-lo retornar em perfeita saúde.

Essa resposta, que mostrava muito bem como ela era desprendida, cobriu as outras de vergonha e embaraço. Ficaram tão irritadas com isso que uma delas, respondendo por todas, disse com azedume:

– Essa menina se acha importante e imagina que será reconhecida por essa afetação heroica. Certamente nada é mais ridículo.

Mas o pai, tocado por aqueles sentimentos, não pôde deixar de expressar sua alegria; impressionado até pelo fato de a moça limitar seus desejos, quis que ela pedisse algo, e, para comover as outras filhas que estavam indispostas contra ela, avisou-a que tal insensibilidade em relação a adornos não se adequava a sua idade e que para tudo havia um tempo.

– Então, meu querido pai – disse ela –, já que me ordena, peço-lhe que me traga uma rosa. Eu amo essa flor com paixão: desde que estou nessa solidão, não tive a satisfação de ver uma delas que fosse.

Era uma forma de obedecer e, ao mesmo tempo, evitar que ele tivesse alguma despesa com ela.

No entanto, chegou o dia em que o bom velho teve de deixar o aconchego de sua numerosa família. O mais rápido que pôde, ele se dirigiu à grande cidade onde parecia que uma nova sorte o chamava. Não encontrou ali as vantagens que esperava. Seu navio realmente tinha chegado: mas seus sócios, que o julgavam morto, haviam se apoderado dele; e todos os bens tinham sido espalhados. Assim, longe de entrar na posse plena e tranquila do que poderia lhe pertencer, para garantir seus direitos, ele teve de enfrentar todas as querelas possíveis e imagináveis. Superou-as, mas, depois de mais de seis meses de sofrimentos e de gastos, não estava mais rico que antes. Seus devedores haviam se tornado insolventes e mal o reembolsaram pelas despesas. Foi ali que aquela riqueza quimérica terminou. Para piorar as coisas, a fim de não apressar sua ruína, ele foi obrigado a partir na estação mais inconveniente e com o clima mais assustador. Exposto no caminho a todo tipo de intempérie, quase morreu de cansaço, mas, quando se viu a algumas léguas de sua casa, da qual não pensava sair para correr atrás de tolas esperanças, as quais Bela estivera certa ao desprezar, recobrou as forças.

Ainda ia levar muitas horas para atravessar a floresta; era tarde, mas queria continuar sua jornada; porém, surpreendido pela noite, trespassado pelo frio mais intenso, e sepultado, por assim dizer, sob a neve com seu cavalo, sem saber por fim que direção tomar, pensou que sua hora final estava chegando. Não havia nenhuma cabana na estrada, embora a floresta estivesse cheia delas. Uma árvore escavada pela ação da natureza foi tudo que conseguiu de melhor, ainda assim ficou feliz demais por ter sido capaz de se esconder nela; essa árvore, ao preservá-lo do frio, salvou-lhe a vida; e o cavalo, não longe do dono, percebeu outro buraco, onde, movido pelo instinto, se refugiou.

Nessa condição, a noite pareceu-lhe que não acabava mais; além disso, perseguido pela fome, assustado pelo uivo dos animais selvagens, que passavam constantemente a seu lado, poderia ele ter um momento de tranquilidade? Seus sofrimentos e preocupações não terminaram com a noite. Mal ele teve o prazer de ver nascer o dia e suas preocupações voltaram. Olhando o solo extraordinariamente coberto de neve, que caminho poderia seguir? Nenhum atalho se oferecia a seus olhos; foi só depois de um longo cansaço e de quedas frequentes que conseguiu encontrar uma espécie de estrada na qual caminhou com mais facilidade.

Enquanto avançava, o acaso conduziu seus passos pela alameda de um castelo muito bonito que a neve parecera respeitar. Consistia de quatro fileiras de laranjeiras muito altas, carregadas de flores e frutos. Viam-se estátuas colocadas sem ordem nem simetria, algumas no caminho, outras entre as árvores, todas de um material desconhecido, de tamanho e cor humana, em diferentes atitudes e vestes, a maior parte representando guerreiros. Ao chegar ao primeiro pátio, viu ainda ali uma infinidade de outras estátuas. O frio que o atingia não permitiu que as examinasse com mais atenção.

Uma escadaria de ágata com um corrimão de ouro esculpido se ofereceu de início à sua visão: ele passou por vários cômodos magnificamente mobiliados, e o calor suave que respirou ali o fez se recuperar do cansaço. Ele precisava de um pouco de comida: a quem recorrer? Aquela ampla e magnífica construção parecia ser habitada apenas por estátuas. Um profundo silêncio reinava ali; e, no entanto, não parecia um antigo palácio que tivesse sido abandonado. As salas, os quartos, as galerias, tudo estava aberto, nenhum ser vivo aparecia naquele lugar tão encantador. Cansado de atravessar os aposentos da vasta residência, parou em um salão onde havia sido aceso um grande fogo. Presumindo que tinha sido preparado para alguém que logo apareceria, aproximou-se da lareira para se aquecer. Mas ninguém veio. Esperando sentado em um sofá perto do fogo, um sono suave fechou-lhe os olhos e o tornou incapaz de observar se alguém viria surpreendê-lo.

O cansaço havia causado seu descanso, a fome o interrompeu. Havia mais de vinte e quatro horas que ele vinha sendo atormentado por ela; o próprio exercício que acabara de fazer desde que chegara àquele palácio havia aumentado ainda mais suas necessidades. Quando acordou, ficou agradavelmente surpreso ao ver diante dele uma mesa servida com todo requinte. Uma refeição leve não podia satisfazê-lo, e as iguarias suntuosamente preparadas convidavam-no a comer de tudo.

Seu primeiro cuidado foi dar graças àqueles a quem devia tudo aquilo; e resolveu esperar em silêncio que seus anfitriões decidissem se apresentar. Da mesma forma que o cansaço o fizera dormir antes da refeição, a comida produziu o mesmo efeito e tornou seu descanso mais longo e tranquilo, de modo que dormiu nessa segunda vez por pelo menos quatro horas. Quando acordou, em vez da primeira mesa, viu outra de pórfiro, sobre a qual uma mão bondosa havia colocado um lanche composto de bolos, frutas secas e vinhos licorosos. Novamente, havia sido preparado para ele. Então, aproveitando da gentileza com que o tratavam, fez uso de tudo que podia agradar seu apetite, seu gosto e seus caprichos.

No entanto, não vendo ninguém a quem falar e que lhe dissesse se aquele palácio era o lar de um homem ou de um deus, o pavor tomou conta de seus sentidos (pois ele era naturalmente medroso). Sua atitude foi a de rever todos os aposentos; ele cumulava de bênçãos o gênio a quem era grato por tantos benefícios e, por meio de instâncias respeitosas, solicitava que se mostrasse a ele. Todas essas diligências foram inúteis. Nenhum sinal dos empregados, nenhum cortesão que o informasse se aquele palácio era habitado. Meditando profundamente sobre o que deveria fazer, ocorreu-lhe que, por razões que não podia discernir, alguma inteligência o presenteava com aquela morada com todas as riquezas de que ela estava repleta.

Esse pensamento pareceu-lhe uma inspiração e, sem demora, passando o lugar em revista novamente, tomou posse de todos aqueles tesouros. Além disso, pensando consigo mesmo, ele definia a parte que destinava para cada um dos filhos e marcava os espaços que poderiam ser adequados a cada um deles, parabenizando-se pela alegria que tal lugar lhes causaria; desceu ao jardim, onde, apesar da dureza do inverno, viu, como no meio da primavera, as flores mais raras exalarem um odor encantador. Ali se respirava um ar suave e ameno. Pássaros de todos os tipos, misturando seu canto ao barulho difuso da água, criavam uma adorável harmonia.

O velho, em êxtase com tantas maravilhas, dizia a si mesmo:

– Creio que minhas filhas não terão problemas em se acostumar com este lugar prazeroso. Não posso acreditar que se arrependam ou que prefiram viver na cidade e não nesta morada. Vamos – ele gritou, com um ímpeto incomum de alegria –, vamos agora. Fico feliz só de imaginar a felicidade de vocês; não vamos adiar esse prazer.

Ao entrar naquele castelo tão acolhedor, ele se preocupara, mesmo com o frio intenso que tomava conta dele, em tirar os arreios do cavalo e levá-lo a um estábulo que havia notado no primeiro pátio. Uma alameda margeada de paliçadas, formada por roseiras floridas, conduzia a ele. Ele nunca tinha visto rosas tão bonitas. O cheiro delas o lembrou de que havia prometido uma para Bela. Ele colheu uma, e ia continuar fazendo seis buquês, mas um barulho terrível o levou a virar a cabeça: seu pavor foi grande quando viu a seu lado uma fera horrível que, com expressão furiosa, colocou-lhe sobre o pescoço uma espécie de tromba parecida à de um elefante e disse com uma voz assustadora:

– Quem lhe deu a liberdade de pegar minhas rosas? Não lhe bastou eu tê-lo aturado em meu palácio com tanta gentileza? Em vez de receber seu agradecimento por isso, imprudente, eu o vejo roubar minhas flores! Sua insolência não ficará impune.

O homem, já muito chocado com a presença inesperada do monstro, pensou que morreria de medo com aquele discurso e, prontamente jogando fora a rosa fatal, gritou, prostrando-se no chão:

– Ah, monsenhor, tenha pena de mim. Com certeza lhe sou grato. Tomado por suas gentilezas, não imaginei que tão pouco fosse capaz de ofendê-lo.

O monstro, com raiva, respondeu:

– Cale a boca, maldito falastrão; de nada me servem seus elogios ou os títulos que me atribui. Não sou monsenhor, sou a Fera, e você não evitará a morte que merece.

O comerciante, perturbado com uma sentença tão cruel, acreditando que uma atitude de submissão era a única coisa que poderia garantir que não fosse morto, disse-lhe com um ar verdadeiramente comovido que a rosa que ousara pegar era para uma de suas filhas, chamada Bela. Então, talvez por esperar retardar sua perda ou despertar no inimigo a compaixão, ele lhe fez o relato de suas desgraças; falou-lhe do motivo de sua viagem e não esqueceu o pequeno presente que prometera dar a Bela, acrescentando que, enquanto as riquezas de um rei teriam sido insuficientes para satisfazer os desejos de suas outras filhas, Bela pedira uma rosa e agora se apresentava a ocasião de realizar seu desejo; que ele acreditara poder fazer isso sem consequências, e que, além disso, ele implorava o perdão por esse erro involuntário.

A Fera ficou pensativa por um momento; em seguida, retomando a palavra em um tom menos furioso, propôs a ele o seguinte:

– Vou perdoá-lo, mas só se você me der uma de suas filhas. Preciso de alguém para reparar esse erro.

– Misericórdia! O que está me pedindo? – retorquiu o comerciante. – Como posso cumprir uma promessa assim? Se eu fosse desumano o suficiente para querer salvar minha vida à custa de uma das minhas filhas, que desculpa usaria para fazê-la vir aqui?

– Não precisa ter nenhuma desculpa – interrompeu a Fera. – Desejo que aquela de suas filhas que você conduzir venha voluntariamente para cá, ou não quererei nada. Veja se entre elas há uma corajosa o suficiente e que o ame a ponto de querer se expor para salvar-lhe a vida. Você parece um homem honesto: dê-me sua palavra de que voltará daqui a um mês, se conseguir indicar uma para acompanhá-lo; ela ficará neste lugar e você retornará. Se não conseguir, prometa-me que voltará sozinho, depois de lhes dizer adeus para sempre, pois você pertencerá a mim. Nem pense – continuou o monstro, estalando os dentes – em aceitar minha proposta e depois fugir. Eu o aviso que, se pensar em fazer isso, irei buscá-lo e destruir você e sua raça, ainda que cem mil homens se apresentem para defendê-lo.

O homem, embora muito convencido de que seria inútil apelar para a amizade das filhas, aceitou a proposta do monstro. Prometeu-lhe voltar, no tempo combinado, e entregar-se a seu triste destino, sem que fosse necessário ir buscá-lo. Depois dessa garantia, acreditou estar livre para se retirar e poder se despedir da Fera, cuja presença só o afligia. A misericórdia que obtivera era pequena, mas ele ainda temia que a Fera a revogasse. Ele lhe falou sobre seu desejo de ir embora: a Fera respondeu que ele só partiria no dia seguinte.

– Você vai encontrar – disse a Fera – um cavalo pronto assim que raiar o dia. Em pouco tempo, ele o levará. Adeus, vá jantar e aguarde minhas ordens.

O pobre homem, mais morto que vivo, voltou para o salão onde comera tão bem. Na frente de uma grande lareira, seu jantar já servido o convidava a sentar-se à mesa. A delicadeza e a suntuosidade dos pratos nada mais tinham que o atraísse. Oprimido por seu infortúnio, se não temesse que a Fera, escondida em algum lugar, o estivesse observando, se tivesse certeza de que não iria despertar sua ira pelo desprezo que haveria demonstrado por seus bens, ele não teria se sentado para comer. Para evitar um novo desastre, fez uma trégua com a dor, e, até onde seu coração aflito lhe permitiu, provou o suficiente de todos os pratos.

No final da refeição, ouviu-se um barulho alto no aposento vizinho, e ele não duvidou que fosse seu prodigioso anfitrião. Como não era capaz de evitar sua presença, tentou se recuperar do medo que o barulho repentino acabara de lhe causar. No mesmo instante, a Fera apareceu e lhe perguntou bruscamente se havia jantado bem. O velho respondeu-lhe num tom contido e temeroso que, graças à sua gentileza, havia comido bastante.

– Prometa-me – disse o monstro – que irá se lembrar da palavra que acabou de me dar, e de honrá-la, trazendo uma de suas filhas.

O velho, a quem essa conversa não divertia, jurou-lhe executar o que prometera e voltar em um mês, sozinho ou com uma das filhas, se encontrasse uma que o amasse o suficiente para acompanhá-lo, nas condições que ele deveria lhe propor.

– Eu o aviso de novo – disse a Fera –, tome o cuidado de não enganá-la quanto ao sacrifício que deve exigir dela e ao perigo que ela vai correr. Descreva-me para ela exatamente como sou. Que ela saiba o que vai fazer: em especial, que seja firme em suas resoluções. Não será mais a hora de fazer reflexões quando você a trouxer aqui. Ela não deve mudar de ideia: você também estaria perdido, sem que ela tivesse a liberdade de retornar.

O comerciante, que ficara paralisado pelo discurso, reiterou a promessa de cumprir totalmente o que a Fera acabara de lhe prescrever. O monstro, satisfeito com a resposta, ordenou que ele fosse para a cama e não se levantasse até ver o sol e ouvir um sino de ouro.

– Você fará o desjejum antes de sair – disse ele ainda – e pode levar uma rosa para Bela. O cavalo que vai levar você estará pronto no pátio. Pretendo vê-lo novamente em um mês, já que é um homem honesto. Adeus; se não agir de forma íntegra, irei visitá-lo.

O homem, por medo de prolongar uma conversa já muito desagradável para ele, fez uma profunda reverência para a Fera, que novamente o advertiu para não se preocupar com o caminho de volta, posto que, no tempo certo, o mesmo cavalo que ele iria montar na manhã seguinte estaria à sua porta e seria suficiente para sua filha e para ele.

Embora estivesse pouco disposto a dormir, o velho não se atreveu a descumprir as ordens que tinha recebido. Obrigado a ir para a cama, só se levantou quando o sol começou a brilhar em seu quarto. Seu desjejum foi rápido, depois desceu ao jardim para pegar a rosa que a Fera ordenara que levasse. Quantas lágrimas a flor o fez derramar! Mas, pelo medo de atrair novos infortúnios, ele se conteve e, sem demora, foi procurar o cavalo que lhe fora prometido. Encontrou sobre a sela uma manta quente e leve. Sentiu-se bem mais confortável nele que em seu próprio animal. Assim que percebeu que ele montara, o cavalo saiu numa velocidade incrível. O comerciante, que num instante perdeu de vista aquele palácio trágico, sentiu tanta alegria quanto experimentara prazer no dia anterior ao percebê-lo, com a diferença de que a felicidade de se afastar dele era envenenada pela cruel necessidade de voltar para lá.

– O que fui prometer? – ele disse (enquanto o cavalo o carregava com uma prontidão e leveza conhecida apenas no país dos contos de fadas). – Não seria melhor que eu me tornasse logo vítima desse monstro sedento do sangue da minha família? Por uma promessa que fiz, tão desnaturada quanto sem propósito, ele prolongou minha vida. É possível que eu tenha pensado em salvar meus dias à custa daqueles de uma de minhas filhas? Serei capaz de cometer a barbárie de levá-la para ver a Fera devorá-la diante de meus olhos? – Mas, de repente, interrompeu a si mesmo:

– Ah! Infeliz! – gritou. – O que devo temer mais? Se eu pudesse silenciar no meu coração a voz do sangue, dependeria de mim cometer essa covardia? É preciso que ela conheça seu destino e consinta nisso: não vejo sinal algum de que ela deseje se sacrificar por um pai desumano, e não devo lhe fazer tal proposta, é injusta. Mas, mesmo que o afeto que todas elas têm por mim fizesse com que uma delas se sacrificasse, a mera visão da Fera não destruiria sua confiança? E eu não poderia me queixar disso. Ah! Fera imperiosa – ele exclamou –, você fez isso de propósito, colocando uma condição impossível nos meios que me oferece para evitar sua fúria e obter o perdão de um erro tão insignificante; é adicionar insulto à dor. Mas – continuou – não aguento mais pensar nisso, não consigo pesar as coisas e prefiro me expor sem retorno à sua raiva que tentar uma ajuda inútil, e que aterroriza meu amor de pai. Retomemos – prosseguiu ele – o caminho desse palácio funesto, e desdenhando pagar tão caro pelos restos de uma vida que só poderia ser miserável, antes do mês que nos é concedido, voltemos para terminar desde hoje nossos dias infelizes.

Com essas palavras, ele quis dar meia-volta, mas foi impossível fazer o cavalo retornar. Deixando-se levar apesar de tudo, ele pelo menos tomou a decisão de não propor nada às filhas. Já de longe, avistou sua casa, e, fortalecendo-se cada vez mais em sua resolução, disse:

– Não vou dizer nada a elas sobre o perigo que me ameaça, terei o prazer de abraçá-las ainda uma vez. Darei a elas meus últimos conselhos; vou lhes pedir que convivam bem com os irmãos, a quem recomendarei que não as abandonem.

Em meio a esses devaneios, ele chegou a sua casa. Seu cavalo, que havia voltado na noite anterior, deixara a família preocupada. Os filhos, espalhados pela floresta, o tinham procurado por todos os lados, e as filhas, impacientes para ter notícias, estavam na porta de entrada para perguntar à primeira pessoa que passasse. Como ele estava montando um cavalo magnífico e envolto em uma rica manta, poderiam elas reconhecê-lo? De início, acharam que se tratava de um homem que havia sido mandado por ele, e a rosa que viram presa ao cabresto da sela terminou de tranquilizá-las.

Quando o pai aflito chegou mais perto, elas o reconheceram. A vontade delas foi só de demonstrar-lhe a satisfação que sentiam por vê-lo voltar com saúde. Mas a tristeza estampada em seu rosto, e os olhos cheios de lágrimas, que ele em vão tentava conter, transformaram a alegria em inquietação. Todas se apressaram em lhe perguntar o motivo de seu sofrimento. Sua resposta foi apenas dizer a Bela, apresentando-lhe a rosa fatal:

– Eis o que você me pediu, você pagará caro por ela, assim como as outras.

– Eu sabia muito bem – disse a mais velha –, e agora há pouco eu garantia que ela seria a única a quem você traria o que pediu. Nesta época do ano, deve ter gasto mais que teria despendido para nós cinco juntas. Essa rosa, pelo jeito, terá murchado antes do final do dia; não importa qual tenha sido o preço, você quis satisfazer a feliz Bela.

– É verdade – disse o pai, com tristeza – que essa rosa me custou caro, e mais caro que todos os atavios que vocês pediram teriam custado. Não é em dinheiro, e eu daria graças aos céus se a tivesse comprado com todas as posses que me restam!

Esse discurso excitou a curiosidade dos filhos e fez desaparecer a resolução que ele tinha tomado de não revelar sua aventura. Contou-lhes o insucesso de sua jornada, o sofrimento pelo qual passara ao correr atrás de uma fortuna fantasiosa e tudo que acontecera no palácio do monstro. Depois desse esclarecimento, o desespero tomou o lugar da esperança e da alegria.

As moças, vendo por esse golpe inesperado todos os seus planos serem aniquilados, proferiram gritos terríveis; os irmãos, mais corajosos, disseram resolutamente que não permitiriam que o pai voltasse àquele castelo sinistro, que eram corajosos o suficiente para libertar a terra daquela horrível Fera, supondo que ela tivesse a audácia de vir buscá-lo. O homem, embora tocado pela aflição deles, proibiu-os de agirem de forma violenta, dizendo que, como ele havia dado sua palavra, preferia se matar a faltar com ela.

No entanto, eles procuraram expedientes para salvar-lhe a vida; aqueles jovens, cheios de coragem e virtude, propuseram que um deles se oferecesse à ira da Fera: mas ela havia deixado claro que queria uma das moças, não um dos rapazes. Os bravos irmãos, zangados porque sua boa vontade não poderia ser colocada em ação, fizeram o que puderam para inspirar os mesmos sentimentos nas irmãs. Mas o ciúme delas em relação a Bela foi suficiente para colocar um obstáculo intransponível a essa ação heroica.

– Não está certo – disseram elas – que pereçamos terrivelmente por um erro de que não somos culpadas. Isso equivaleria a nos tornar vítimas de Bela, que ficaria muito à vontade para nos sacrificar; mas o dever não exige tal esforço de nós. Eis o fruto da moderação e da moralidade perpétua dessa infeliz. Por que ela não fez como nós e pediu roupas e joias? Ainda que não as tenhamos conseguido, pelo menos não custou nada pedi-las, e não temos motivos para nos culpar de termos exposto a vida de nosso pai com solicitações estapafúrdias. Se, por um falso desinteresse, ela não tivesse querido se mostrar como é em tudo mais feliz que nós, provavelmente teria havido dinheiro suficiente para satisfazê-la. Mas foi necessário que, por um singular capricho, ela tivesse sido a causa de todos os nossos infortúnios. É Bela quem os atrai para nós, e é sobre nós que querem despejá-los. Não vamos cair nessa. Ela provocou, ela que resolva.

Bela, cujo sofrimento quase lhe tirara a consciência, silenciando seus soluços e suspiros, disse às irmãs:

– Sou culpada dessa desgraça; cabe somente a mim repará-la. Admito que seria injusto vocês pagarem pelo meu erro. Ah, era um pedido tão inocente: poderia eu prever que o desejo de ter uma rosa no meio do verão devesse ser punido com tal suplício? O mal está feito; inocente ou culpada, é justo que eu pague por isso. Não pode ser imputado a outra pessoa. Vou me apresentar – continuou com firmeza – para resgatar meu pai de seu compromisso fatal. Irei encontrar a Fera: feliz demais por morrer para preservar a vida de quem a recebi e para fazer vocês pararem de reclamar. Não tenham medo de que algo venha me fazer mudar de ideia. Mas, por misericórdia, durante este mês, me deem o prazer de não mais ouvir suas recriminações.

Tanta firmeza em alguém tão jovem surpreendeu muito; e seus irmãos, que a amavam ternamente, ficaram impressionados com sua resolução. Ela lhes dava toda a atenção, e eles sentiram a perda que estavam prestes a ter. Mas tratava-se de salvar a vida de um pai: esse motivo piedoso os calou e, bem persuadidos de que era uma coisa resolvida, longe de pensar em lutar contra um propósito tão generoso, eles se contentaram em derramar lágrimas e em fazer à irmã os elogios que sua nobre resolução merecia, ainda mais porque, com apenas dezesseis anos de idade, ela tinha o direito de lamentar a vida que desejava sacrificar de forma tão cruel.

Só o pai não quis consentir no plano da filha caçula, mas as outras o repreendiam de modo insolente, já que isso cabia apenas a Bela e também pelo fato de, apesar dos infortúnios cuja causa era ela, ele estar zangado por não ter sido uma das filhas mais velhas a pagar por sua imprudência.

Tais discursos injustos forçaram-no a parar de insistir. Além disso, Bela assegurou-lhe que, se ele não aceitasse a troca, ainda assim ela o faria, já que iria sozinha procurar a Fera e se perderia sem salvá-lo.

– Quem sabe? – ela disse, esforçando-se para demonstrar mais tranquilidade do que tinha. – Talvez o destino amedrontador que me está reservado esconda outro tão afortunado quanto este parece ser terrível.

Suas irmãs, ouvindo-a falar assim, riam maliciosamente desse pensamento quimérico; estavam felizes com o erro no qual achavam que ela incorria. Mas o velho, vencido por todas as suas razões, e lembrando-se de uma antiga previsão, segundo a qual ficara sabendo que aquela garota deveria salvar sua vida e que ela seria a fonte da felicidade de toda a sua família, parou de se opor à vontade de Bela. Insensivelmente, falou-se de sua partida como de algo quase indiferente. Era ela quem dava o tom da conversa, e se, na presença deles parecia contar com algo feliz, era apenas para consolar o pai e os irmãos, e não para alarmá-los mais ainda. Embora descontente com a conduta das irmãs, que pareciam impacientes para vê-la partir e que achavam que o mês estava passando devagar demais, Bela teve a generosidade de compartilhar com elas todos os pequenos móveis e joias de que dispunha.

Elas receberam com alegria essa nova prova de generosidade, sem que seu ódio se abrandasse. Uma extrema alegria tomou posse de seus corações quando ouviram relinchar o cavalo enviado para levar a irmã, a quem o amargo ciúme não permitia que amassem. Apenas o pai e os filhos, aflitos, não conseguiam resistir àquele momento terrível, queriam decapitar o cavalo; mas Bela, conservando toda a tranquilidade, mostrou-lhes na ocasião o ridículo dessa ideia e a completa impossibilidade de executá-la. Depois de se despedir dos irmãos, ela beijou as irmãs insensíveis, dando-lhes um adeus tão terno que lhes arrancou algumas lágrimas, fazendo-as acreditarem que, por alguns segundos, estavam tão abaladas quanto os irmãos.

Em meio a esses arrependimentos curtos e tardios, depois de o velho, pressionado pela filha, montar no cavalo, ela subiu na garupa tão disposta como se fosse uma viagem muito agradável. O animal pareceu mais voar que andar. Essa extrema diligência não a incomodou; o ritmo daquele cavalo singular era tão doce que Bela não sentiu nenhuma agitação além da que vinha do sopro dos zéfiros.

Em vão, na estrada, seu pai ofereceu-lhe cem vezes colocá-la no chão e ir sozinho encontrar a Fera.

– Pense, filha querida – disse ele –, ainda há tempo. Esse monstro é mais terrível do que você consegue imaginar. Não importa quão firme seja sua resolução, tenho medo de que falhe diante da aparência dele. Então, será tarde demais, você estará perdida, e ambos vamos perecer.

– Se eu fosse procurar essa fera terrível – respondeu cautelosamente Bela – com a esperança de ser feliz, não seria impossível que essa esperança me abandonasse ao vê-la; mas, como conto com uma morte próxima, e acredito que seja certa, que importa para mim se o responsável por isso é agradável ou hediondo?

Em meio a essas conversas, a noite chegou e o cavalo não diminuiu o ritmo na escuridão, a qual se dissipou de súbito num espetáculo absolutamente surpreendente. Rojões de todos os tipos, girândolas, cascatas, sóis, feixes e tudo que os fogos de artifício podem gerar de mais bonito vieram atingir os olhos de nossos dois viajantes. A luz agradável e inesperada que iluminou toda a floresta espalhou no ar um calor suave, que começava a se tornar necessário, porque o frio naquele lugar se fazia sentir de maneira mais contundente à noite que durante o dia.

Graças a essa claridade encantadora, pai e filha puderam alcançar a alameda das laranjeiras. No momento em que chegaram lá, os fogos de artifício pararam. Sua luz foi substituída por todas as estátuas, que tinham tochas acesas nas mãos. Além disso, inúmeras lanternas cobriam toda a fachada do palácio: colocadas em simetria, formavam desenhos entrelaçados e monogramas, onde se viam duplos "AA" e duplos "FF" encimados por coroas. Ao entrar no pátio, eles foram brindados com uma salva de artilharia, que, combinada com o som de mil instrumentos diferentes, tanto suaves como agressivos, criaram uma harmonia encantadora.

– Pelo jeito – disse Bela zombeteiramente –, a Fera deve estar com muita fome para festejar com tanta ênfase a chegada de sua presa.

No entanto, apesar da emoção que lhe causou a aproximação de um evento que, pelo que parecia, ia se tornar mortal para ela, ao observar com total atenção tantas coisas magníficas que se sucediam umas às outras e lhe proporcionavam o mais belo espetáculo que jamais tinha visto, ela não pôde deixar de dizer ao pai que os preparativos para a morte dela eram mais brilhantes que a pompa nupcial do maior rei da Terra.

O cavalo parou ao pé da escadaria. Ela desceu agilmente dele, e o pai, assim que desmontou, conduziu-a por um vestíbulo para o salão onde tão bem se regalara. Lá, depararam-se com uma lareira, velas acesas que espalhavam um perfume requintado e também com uma mesa esplendidamente servida.

O homem, familiarizado com o modo como a Fera alimentava seus convidados, disse à filha que a refeição era para eles, sendo apropriado consumi-la. Bela não criou nenhuma dificuldade, convencida de que isso não adiantaria sua morte. Pelo contrário, imaginou que isso informaria ao monstro que ela tivera pouca repugnância ao vir encontrá-lo. Achou pretensamente que sua franqueza seria capaz de amolecê-lo e chegou mesmo a pensar que sua aventura poderia ser menos triste que havia imaginado de início. Essa Fera amedrontadora com a qual a tinham ameaçado não parecia sê-lo: tudo no palácio respirava alegria e magnificência. Parecia que sua chegada fizera nascer isso, e não era provável que fossem os preparativos de um funeral.

Sua esperança não durou muito. O monstro se fez ouvir. Um barulho assustador, causado pelo enorme peso de seu corpo, pelo estrépito terrível de suas escamas e por urros horríveis, anunciou sua chegada. O terror tomou conta de Bela. O velho, abraçando a filha, soltou gritos agudos. Mas, tendo em um instante se tornado de novo senhora dos seus sentidos, ela se recuperou de sua agitação. Ao ver a aproximação da Fera, diante de cuja visão não pôde deixar de estremecer, ela avançou com passo firme e, com postura discreta, cumprimentou-a com muito respeito. Essa atitude agradou ao monstro. Depois de estudá-la num tom que, sem parecer zangado, poderia inspirar terror aos mais ousados, ele disse ao homem:

– Boa noite, velho. – E, voltando-se para Bela, disse a ela da mesma forma: – Boa noite, Bela.

O homem, sempre receando que algo sinistro pudesse acontecer à filha, não teve forças para responder. Mas Bela, sem se perturbar e com voz suave e segura, lhe disse:

– Boa noite, Fera.

– Você vem aqui de bom grado – disse a Fera – e concorda em deixar seu pai ir embora sem acompanhá-lo?

Bela respondeu que não tivera outras intenções.

– Ah, e o que você acha que vai se tornar depois que ele for embora?

– O que você quiser – ela disse. – Minha vida está à sua disposição, e eu me submeto cegamente ao que vai ordenar quanto ao meu destino.

– Sua docilidade me agrada – respondeu a Fera – e, por ser assim, por não ter sido trazida à força, você permanecerá comigo. Quanto a você, velho – disse ao mercador –, partirá amanhã ao nascer do sol, o sino o avisará. Não demore depois do seu desjejum; o mesmo cavalo o levará a sua casa. Mas – acrescentou –, quando estiver junto à sua família, não pense em ver meu palácio novamente, e lembre-se de que ele é proibido para você para sempre. Você, Bela – continuou o monstro, dirigindo-se a ela –, leve seu pai até o próximo cômodo, que está cheio de roupas; escolha tudo que acreditam que pode agradar a seus irmãos e irmãs. Você encontrará duas malas: encha-as. É justo que você lhes envie alguma coisa de um preço suficientemente alto para obrigá-los a se lembrar de você.

Apesar da liberalidade do monstro, a partida próxima do pai abalava sensivelmente Bela e lhe causava extremo desgosto; no entanto, ela considerou que era seu dever obedecer à Fera, que os deixou depois de lhes ter dito, como havia feito ao entrar:

– Boa noite, Bela. Boa noite, velho.

Quando ficaram sozinhos, o homem, abraçando a filha, não parou de chorar. A ideia de deixá-la com o monstro era para ele a tortura mais cruel. O pai se arrependeu de tê-la conduzido àquele lugar; as portas estavam abertas, ele teria gostado de levá-la de volta, mas Bela o alertou sobre os perigos e as consequências da atitude que estava tomando.

Entraram no cômodo que lhes fora indicado. Ficaram surpresos com as riquezas que encontraram ali. Estava tão cheio de atavios que uma rainha não poderia desejar nada mais bonito ou de mais bom gosto. Nunca houve uma loja de roupas mais bem abastecida.

Depois de Bela escolher os adornos que considerava mais adequados, não à situação atual da família, mas proporcionais às riquezas e à liberalidade da Fera, que lhe dava aqueles presentes, ela abriu um armário cuja porta era de cristal de rocha montado em ouro. Diante de um exterior tão magnífico, embora esperasse encontrar um tesouro raro e precioso, viu uma quantidade de joias de todos os tipos, cujo brilho seus olhos mal suportavam. Bela, por um espírito de submissão, pegou sem comedimento uma quantidade prodigiosa, que combinou o melhor possível com cada um dos lotes que havia feito.

Ao abrir o último armário, que nada mais era que um gabinete cheio de moedas de ouro, ela mudou seu plano.

– Acho – disse ao pai – que seria mais apropriado esvaziar essas malas e enchê-las de dinheiro; você o dará a seus filhos o tanto que quiser. Dessa forma, não será obrigado a ter ninguém envolvido em seu segredo, e suas riquezas serão suas sem perigo. A vantagem que obteria com as pedras preciosas, embora o preço seja muito maior, nunca poderia lhe ser tão conveniente. Para aproveitá-las, você seria forçado a vendê-las e a entregá-las a pessoas que só o olhariam com olhos de inveja. Sua própria confiança poderia se tornar fatal; e moedas de ouro vão colocá-lo – ela continuou – a salvo de qualquer evento desagradável, dando-lhe a facilidade de adquirir terras, casas, assim como móveis de qualidade, joias e pedras preciosas.

O pai aprovou a ideia. Mas, querendo levar adornos e atavios para as filhas, para dar espaço ao ouro que tencionava pegar, tirou das malas o que escolhera para seu uso. A grande quantidade de moedas que colocou lá não as preenchia totalmente. Elas tinham pregas que se adaptavam ao conteúdo. Ele encontrou, então, espaço para as joias que havia removido e, no final, as malas continham mais do que ele imaginara.

– Tantas moedas – disse ele à filha – me colocarão em posição de vender minhas pedras preciosas como mais me convier. De acordo com seu conselho, vou esconder minhas riquezas de todos, até mesmo dos meus filhos. Se eles souberem quão rico vou ser, irão me atormentar para abandonar a vida no campo, que, no entanto, é a única em que encontrei alegria e em que não experimentei a perfídia de falsos amigos dos quais o mundo está cheio.

Mas as malas estavam tão pesadas que um elefante teria sucumbido sob elas, e a esperança que ele vinha alimentando lhe pareceu um sonho e nada mais.

– A Fera zombou de nós – disse ele –, fingindo me dar mercadorias que me é impossível carregar.

– Esqueça seu julgamento – respondeu Bela –, você não provocou sua liberalidade por meio de nenhum pedido inconveniente, nem por nenhum olhar ganancioso e interessado. A repreensão não teria sentido. Acho que, se o monstro o orientou, ele vai encontrar uma maneira de você poder usufruir desses presentes. Temos apenas de fechar as malas e deixá-las aqui. Aparentemente, ele sabe por qual veículo enviá-las para você.

Não poderia haver conselho mais prudente. Conformado com essa opinião, o homem retornou ao salão com a filha. Sentados num sofá, viram surgir do nada um café da manhã. O pai comeu com um apetite melhor que na noite anterior. O que acabara de acontecer diminuía seu desespero e fazia renascer sua confiança; ele teria partido sem tristeza se a Fera não tivesse tido a crueldade de fazê-lo entender que ele não mais devia sonhar em rever seu palácio e que teria de dar adeus para sempre a sua filha. Não se conhece nenhum mal sem remédio que não seja o da morte. O homem não foi, de forma alguma, atingido por essa sentença. Acreditava que ela não seria irrevogável, e tal esperança o fez ficar feliz ao deixar seu anfitrião.

Bela não estava assim tão satisfeita. Pouco convencida de que um futuro feliz tivesse sido preparado para ela, temia que os ricos presentes com os quais o monstro contemplava sua família fossem o preço de sua vida, e que ele a devorasse assim que estivessem sozinhos: no mínimo, temia que uma prisão eterna lhe fosse destinada e que teria por única companhia uma Fera assustadora.

Essa reflexão a mergulhou em um profundo devaneio, mas um segundo toque do sino avisou que era o momento de dizerem adeus. Eles desceram para o pátio, onde o pai encontrou dois cavalos: um carregado com duas malas e o outro destinado apenas para ele. Este último, coberto por uma boa manta e com a sela guarnecida de duas bolsas cheias de refrescos, era o mesmo que ele já havia montado. Essas atenções tão grandes da Fera ainda forneceriam material para conversas, mas os cavalos, relinchando e arranhando o chão com os pés, deram a entender que era hora de se separarem.

O comerciante, por medo de irritar a Fera com sua demora, despediu-se para sempre da filha. Os dois cavalos saíram mais rápido que o vento e, num instante, Bela os perdeu de vista. Em lágrimas, subiu novamente para o quarto que devia ser o dela, onde, por alguns momentos, teve as mais tristes reflexões.

No entanto, quando o sono a dominou, ela quis buscar um descanso que perdera havia mais de um mês. Não tendo nada melhor para fazer, estava indo para a cama, quando viu no criado-mudo uma xícara com chocolate. Tomou-a já sonolenta e, com os olhos quase se fechando, caiu em um sono tranquilo, que não experimentava de forma alguma desde o momento em que recebera a rosa infeliz.

Durante o sono, sonhou que estava na beira de um canal a perder de vista, cujos lados eram adornados com duas fileiras de laranjeiras e de murtas floridas de uma altura prodigiosa, onde, completamente absorta em sua situação, ela lamentava a infelicidade que a condenava a passar seus dias ali, sem esperança de sair.

Um jovem bonito, como descreve o amor, numa voz que falava ao coração, lhe disse:

– Não acredite, Bela, que é tão infeliz quanto lhe parece. É aqui que você deve receber a recompensa que lhe foi injustamente negada por completo em outros lugares. Use seu discernimento para me distanciar das aparências que me disfarçam. Julgue se minha companhia é desprezível e não deve ser preferida àquela de uma família indigna de você. Peça: todos os seus desejos serão atendidos. Eu a amo muito; sozinha, você pode construir minha felicidade construindo a sua. Nunca se anule. Estando você, pelas qualidades de sua alma, tão acima das outras mulheres às quais é superior em beleza, seremos perfeitamente felizes.

Depois, esse fantasma tão encantador apareceu a ela de joelhos para acrescentar às mais lisonjeiras promessas os mais ternos discursos. Ele insistia firmemente para que ela aceitasse sua felicidade, assegurando-lhe que ela era inteiramente a senhora dessa felicidade.

– O que posso fazer? – disse-lhe ela ansiosamente.

– Apenas siga os movimentos da gratidão – respondeu ele –, não consulte seus olhos e, acima de tudo, não me abandone, e tire-me do terrível sofrimento pelo qual estou passando.

Depois desse primeiro sonho, ela achou que estava em um gabinete magnífico, com uma senhora cujo ar majestoso e a beleza surpreendente fizeram nascer um respeito profundo em seu coração. Essa senhora lhe disse de maneira carinhosa:

– Encantadora Bela, não lamente o que acabou de deixar. Um destino mais ilustre espera por você, mas, se quiser merecê-lo, evite se deixar seduzir pelas aparências.

Seu sono durou mais de cinco horas, durante as quais ela viu o jovem em cem lugares diferentes e em cem maneiras diversas. Ora ele lhe oferecia uma festa galante, ora lhe fazia as mais ternas manifestações de apreço. Como foi agradável esse sono! Ela teria desejado prolongá-lo, mas seus olhos, ao se abrirem para a luz, não puderam se fechar novamente, e Bela achou que tivera apenas o prazer de um sonho.

Um pêndulo fez soar as doze horas, repetindo seu nome doze vezes de uma forma musical, forçando-a a se levantar. De início, ela viu um banheiro cheio de tudo que poderia ser necessário para uma mulher.

Depois de se vestir sentindo uma espécie de prazer do qual não adivinhava a causa, entrou no salão, onde seu almoço acabara de ser servido.

Quando se come sozinho, uma refeição é feita rapidamente. De volta ao quarto, ela se jogou em um sofá; o jovem com quem sonhara veio se apresentar a seus pensamentos. "'Eu posso fazer você feliz', dissera ele. Aparentemente, a horrível Fera, que parecia estar no comando ali, o mantinha em prisão. Como tirá-lo daquele lugar? Disseram-me para não me deixar guiar pelas aparências. Eu não entendo nada; mas como estou louca! Eu me ocupo em procurar razões para explicar uma ilusão que o sono formou e que o despertar destruiu. Não tenho de dar atenção a isso. Só devo cuidar do meu destino atual e procurar por diversões que me impeçam de sucumbir ao tédio."

Algum tempo depois, ela se pôs a percorrer os inúmeros aposentos do palácio. Ficou encantada, nunca tendo visto nada tão bonito. O primeiro em que entrou foi um grande gabinete de espelhos, no qual podia se ver de todos os ângulos possíveis. De início, um bracelete, pendurado em uma girândola, lhe chamou a atenção. Ela identificou nele o retrato do cavalheiro bonito tal como acreditara vê-lo enquanto dormia. Como poderia não reconhecê-lo? Suas feições já estavam gravadas de forma profunda em sua mente e talvez em seu coração. Com uma alegria intensa, colocou o bracelete, sem pensar se essa ação era adequada.

A partir desse gabinete, ao passar por uma galeria repleta de pinturas, encontrou ali o mesmo retrato em tamanho natural, que parecia olhá-la com uma atenção tão terna que ela corou, como se aquela pintura tivesse sido o que ela representava ou como se tivesse tido acesso a testemunhos do seu pensamento.

Continuando a caminhada, ela se viu em uma sala cheia de diferentes instrumentos. Sabendo tocar quase tudo, experimentou vários deles, mas preferiu o cravo a outros, porque acompanhava melhor sua voz. Dessa sala, entrou em outra galeria que não aquela das pinturas, que continha uma enorme biblioteca. Ela adorava aprender e, desde sua estada no campo, fora privada dessa alegria. O pai, pelos problemas que tivera com os negócios, fora forçado a vender seus livros. O grande gosto que ela tinha pela leitura poderia facilmente ser satisfeito naquele lugar e evitar-lhe o tédio da solidão. O dia passou sem que ela pudesse ver tudo. À medida que a noite se aproximava, todos os aposentos foram iluminados por velas perfumadas, colocadas em candelabros, transparentes ou de diferentes cores, e não de cristal, mas de diamantes e rubis.

Na hora habitual, Bela encontrou o jantar servido com a mesma delicadeza e a mesma limpeza. Nenhuma figura humana apareceu diante dela; o pai a tinha avisado que ela estaria sozinha! A solidão começava a não mais lhe causar mal, quando a Fera se fez ouvir. Ainda não tendo estado sozinha com ela, ignorando como aquele encontro iria acontecer, temendo mesmo que ela viesse a devorá-la, como poderia não tremer? Mas, com a chegada da Fera, que em sua abordagem nada mostrou de furiosa, seus medos se dissiparam. Aquele monstruoso colosso lhe disse asperamente:

– Boa noite, Bela.

Ela devolveu a saudação nos mesmos termos, com uma expressão suave, mas tremendo um pouco. Entre as várias perguntas que lhe fez, o monstro indagou como ela tinha se ocupado. Bela respondeu:

– Passei o dia visitando seu palácio, mas é tão grande que não tive tempo de ver todos os aposentos e as belezas que eles contêm.

A Fera perguntou-lhe:

– Acha que pode se acostumar aqui?

A jovem educadamente respondeu que viveria sem problemas num lugar tão bonito. Depois de uma hora de conversa sobre o mesmo assunto, Bela, em meio à voz amedrontadora da Fera, facilmente distinguia que era um tom forçado e que ela se inclinava mais para a estupidez que para a fúria. A Fera lhe perguntou sem rodeios se a deixaria dormir com ela. Diante desse pedido inesperado, os medos de Bela se renovaram e, soltando um grito terrível, ela não pôde deixar de dizer:

– Ó, céus, estou perdida!

– De forma alguma – retomou a Fera suavemente –, mas, sem se assustar, responda de maneira franca, diga sim ou não.

Bela respondeu, tremendo:

– Não, Fera.

– Bem, se você não quer – disse o monstro num tom dócil –, eu me vou. Boa noite, Bela.

– Boa noite, Fera – disse com grande satisfação a assustada jovem.

Extremamente feliz por não ter violência a temer, ela se deitou tranquilamente e adormeceu. De imediato, seu querido desconhecido voltou-lhe à mente. Pareceu-lhe dizer com ternura:

– Que feliz estou em vê-la outra vez, minha querida Bela, mas seu rigor me faz sofrer! Sei que o que me espera é permanecer infeliz por muito tempo.

Seu pensamento deu uma nova guinada; parecia-lhe que o jovem a presenteava com uma coroa, o sono a fazia enxergá-lo de cem maneiras diferentes. Às vezes, era como se estivesse a seus pés, ora abandonando-se à alegria mais desmedida, ora espalhando uma torrente de lágrimas que a comoviam até o fundo da alma. Essa mistura de alegria e tristeza durou toda a noite. Quando ela acordou, com a imaginação tocada por aquele objeto querido, procurou por seu retrato para confrontá-lo novamente e ver se estava enganada. Correu para a galeria de pinturas, onde o reconheceu ainda melhor. Quanto tempo poderia ficar ali a admirá-lo! Mas, com vergonha de sua fraqueza, contentou-se em olhar para a imagem que tinha em seu braço.

No entanto, para pôr fim a essas ternas reflexões, ela desceu para os jardins. O tempo bom a convidava a caminhar; seus olhos ficaram encantados, pois nunca tinham visto nada tão bonito na natureza. Os pequenos bosques estavam adornados com estátuas admiráveis e numerosos jatos d'água, que refrescavam o ar e cuja extrema altura quase os fazia perder de vista.

O que mais a surpreendeu foi que ela reconheceu os lugares onde, em seu sono, sonhara com o desconhecido. Sobretudo diante da vista do grande canal margeado de laranjeiras e murtas, ela só conseguiu pensar naquele sonho que não mais lhe parecia uma ficção. Pensou em encontrar a explicação imaginando que a Fera estava retendo alguém em seu palácio. Resolveu buscar um esclarecimento naquela mesma noite e perguntar ao monstro, por quem ela esperava ser visitada na hora habitual. Até onde suas forças lhe permitiram, ela passeou pelo resto do dia sem poder avaliar tudo aquilo.

Os aposentos que não conseguira ver no dia anterior não mereciam menos sua atenção que os outros. Além dos instrumentos e curiosidades pelos quais estava cercada, encontrou em outro gabinete algo com que se ocupar. Estava cheio de bolsas e lançadeiras para fazer nós, tesouras, ateliês montados para todos os tipos de trabalho, enfim, era possível encontrar tudo ali. Uma porta desse charmoso cômodo lhe permitiu ver uma impressionante galeria, de onde se descortinava a região mais bela do mundo.

Nessa galeria, tomara-se o cuidado de colocar um aviário cheio de pássaros raros, todos os quais, com a chegada de Bela, formaram um concerto admirável. Eles também vieram para se colocar em seus ombros, e seria daqueles animais ternos que ela iria se aproximar mais.

– Amáveis prisioneiros – disse ela –, eu os acho encantadores e fico mortificada por ficarem tão distantes do meu aposento; teria prazer em ouvi-los com frequência.

Qual foi sua surpresa quando, ao dizer essas palavras, abriu uma porta e se viu em seu quarto, o qual achava que ficava longe daquela linda galeria a que só chegara após dar uma volta e passar pela sequência de aposentos que compunham aquele pavilhão. A janela que a impedira de perceber a vizinhança dos pássaros se abria e era muito conveniente para evitar o ruído, quando não se queria ouvi-los.

Bela, continuando seu caminho, viu outra tropa emplumada: eram papagaios de todas as espécies e cores. Todos em sua presença começaram a cacarejar. Um lhe dizia bom-dia, outro lhe pedia para almoçar, um terceiro, mais galante, implorava que o beijasse. Vários cantavam trechos de ópera, outros declamavam versos compostos pelos melhores autores, e todos se ofereceram para entretê-la. Eles eram tão gentis e carinhosos quanto os habitantes do aviário. Sua presença lhe causou um verdadeiro prazer. Ela estava muito feliz em encontrar com quem conversar, pois o silêncio para ela não era felicidade. Fez perguntas a vários deles, que responderam como animais muito espirituais. Escolheu um que a agradou mais. Os outros, ciumentos dessa preferência, reclamaram dolorosamente; ela os acalmou com algumas carícias e com a permissão para virem vê-la sempre que quisessem.

Não muito longe desse lugar, ela viu uma numerosa tropa de macacos de todos os tamanhos, grandes, pequenos, uns com rosto humano, outros com barba azul, verde, preta ou amarela.

Eles vieram ao seu encontro na entrada de seu aposento, aonde o acaso a conduzira. Fizeram-lhe reverências acompanhadas de inumeráveis piruetas e lhe demonstraram, por seus gestos, quão sensíveis eram à atenção que ela lhes dava. Para celebrar a festa, dançaram na corda. Voltearam com uma agilidade e uma leveza sem par. Bela estava muito contente com os macacos, mas sentia-se infeliz por não encontrar nada que lhe desse notícias do lindo desconhecido. Perdendo a esperança de obter alguma informação, olhando seu sonho como uma quimera, ela fazia o possível para esquecê-lo, mas seus esforços eram em vão. Bela agradou os macacos e disse, acariciando-os, que gostaria de ter alguns que quisessem ir com ela para lhe fazer companhia.

Imediatamente, dois grandes macacos vestidos com roupas da corte, que pareciam estar apenas esperando por suas ordens, colocaram-se solenemente a seu lado. Dois macaquinhos espertos pegaram seu vestido e lhe serviram de pajens. Um macaco brincalhão, fazendo as vezes de escudeiro, apresentou-lhe a pata devidamente enluvada. Acompanhada desse cortejo singular, Bela foi fazer a refeição. Enquanto esta durou, os pássaros assobiavam como instrumentos e acompanhavam com perícia a voz dos papagaios, que cantaram as melodias mais belas e mais na moda.

Durante esse concerto, os macacos, que tinham atribuído a si o direito de servir Bela, tendo em um instante definido suas posições e encargos, começaram as funções, e serviram-na com toda a cerimônia, com a habilidade e o respeito com que as rainhas são servidas por seus criados.

Na mesa, outro grupo quis banqueteá-la com um novo espetáculo. Eles eram uma espécie de atores e representaram uma tragédia de maneira muito especial. Esses macacos e macacas, vestidos com trajes teatrais, recobertos de bordados, pérolas e diamantes, faziam gestos adequados às falas de seus papéis, pronunciadas de modo muito nítido e adequado pelos papagaios, de maneira que era necessário ter certeza de que aquelas aves estavam escondidas sob a peruca de alguns e sob o manto de outros para perceber que não eram aqueles atores iniciantes que estavam eles próprios falando. A peça parecia ser feita expressamente para os atores, e Bela ficou encantada. No final da tragédia, um deles veio até ela para lhe fazer um cumprimento e agradecer-lhe pela paciência com que os ouvira. Só ficaram os macacos da casa, destinados a entretê-la.

Depois do jantar, a Fera veio visitá-la como sempre e, após as mesmas perguntas e as mesmas respostas, a conversa terminou com um "boa noite, Bela". As macacas damas de companhia despiram sua dona, colocaram-na na cama e tiveram o cuidado de abrir a janela do aviário para que os pássaros, por meio de um canto menos ruidoso que o do dia, lhe trouxessem o sono e, tranquilizando-a, lhe dessem o prazer de rever seu adorável amante.

Vários dias se passaram sem que ela ficasse entediada. Cada momento era marcado por novos prazeres. Os macacos, em três ou quatro lições, dominaram a habilidade de lidar com um papagaio que, servindo-lhes de intérprete, respondia para Bela prontamente e com precisão no exato momento em que os macacos faziam seus gestos. Ao fim, Bela não achou desagradável ser obrigada a aguentar todas as noites a presença da Fera; suas visitas eram curtas e, sem dúvida, era por sua providência que ela tinha todos os prazeres imagináveis.

A doçura daquele monstro, por vezes, inspirava em Bela o desejo de pedir-lhe alguma explicação sobre o homem que ela via em sonho. Mas, sabendo que ele estava apaixonado por ela, e temendo com esse pedido causar-lhe ciúme, ela se calou por prudência e não ousou satisfazer sua curiosidade.

Em várias ocasiões, ela havia visitado todos os aposentos daquele palácio encantado; mas gostava de rever coisas raras, curiosas e ricas. Bela encaminhou-se para um grande salão que só vira uma vez. A sala tinha quatro janelas de cada lado: apenas duas estavam abertas e forneciam somente uma iluminação triste. Bela queria proporcionar-lhe mais claridade, mas, em vez da luz que pensou conseguir, tudo que encontrou foi uma abertura que dava para um espaço fechado. O lugar, embora amplo, pareceu-lhe escuro, e seus olhos só puderam perceber um clarão distante, que parecia vir até ela através de um tecido de crepe extremamente grosso. Enquanto ficava imaginando para que o lugar poderia ser destinado, uma claridade forte de repente a ofuscou. A tela foi levantada e Bela descobriu um teatro muito bem iluminado. Nas arquibancadas e nos camarotes, viu tudo o que pode ser visto de melhor e de mais bonito, tanto homens como mulheres.

No momento, uma suave sinfonia, que começou a ser ouvida, parou apenas para dar aos atores, que não eram macacos nem papagaios, a liberdade de representar uma tragédia muito bonita, seguida de uma pequena peça que, em seu gênero, igualava a primeira. Bela adorava espetáculos, era o único prazer do qual sentira falta quando deixara a cidade. Curiosa para ver de que tecido era o tapete do camarote vizinho ao dela, foi impedida por um espelho que os separava, o que a fez saber que o que ela acreditara ter sido real era apenas um artifício, que, por meio daquele cristal, refletia os objetos e enviava para ela o que acontecia num teatro da cidade mais bonita do mundo. Tratava-se de uma proeza da ótica refletir algo que estava tão longe.

Após a encenação, ela permaneceu em seu camarote por algum tempo para ver as pessoas ilustres saírem. A escuridão que tomou conta do ambiente a forçou a carregar suas reflexões para outro lugar. Satisfeita com essa descoberta, da qual prometeu a si mesma fazer uso frequente, ela desceu aos jardins. Os prodígios começavam a se tornar familiares para ela, que percebia com alegria que eles eram produzidos apenas para agradá-la e lhe proporcionar prazer.

Depois do jantar, a Fera, como de hábito, veio lhe perguntar o que fizera naquele dia. Bela lhe ofereceu um relato preciso de todas as suas diversões, dizendo-lhe que tinha ido ao teatro.

– Você gosta? – disse o pesado animal. – Peça tudo que lhe agradar e você terá: você é muito bonita.

Bela sorriu internamente dessa forma grosseira de lhe fazer gentilezas, mas o que não a fez rir de modo algum foi a pergunta habitual; e o "você quer que eu durma com você?" pôs fim a seu bom humor. Ela se sentiu à vontade para responder não; no entanto, a docilidade da Fera nesse último encontro não a deixou tão segura assim. Bela ficou assustada com isso.

– No que isso vai dar? – disse para si mesma. – A pergunta que a Fera me faz a cada vez, se quero dormir com ele, prova-me que persiste sempre em seu amor. As coisas boas que faz me confirmam isso. Mas, ainda que seus pedidos não sejam obstinados, e que ele não demonstre ressentimento algum diante de minhas recusas, quem me garantirá que não vai perder a paciência e que minha morte não será o preço disso?

Essas reflexões a deixaram tão pensativa que já era quase dia quando foi para a cama. Seu desconhecido, que aguardava apenas esse momento para aparecer, censurou-a docemente por sua demora. Ele a achou triste, absorta, e perguntou o que podia desagradá-la naquele lugar. Ela respondeu que nada a desagradava a não ser o monstro, que via todas as noites. Já se acostumara com isso, mas ele estava apaixonado por ela, e esse amor a fazia temer alguma violência.

– Pelo único cumprimento estúpido que ele me faz, acho que vai querer que eu me case com ele. Você me aconselharia – disse Bela ao seu desconhecido – a satisfazê-lo? Ai, se por um lado ele é tão encantador quanto assustador, por outro você tornou a entrada do meu coração inacessível para ele, assim como para qualquer outro, e não tenho vergonha de confessar que só posso amar você.

Uma confissão tão encantadora só fez lisonjeá-lo; ele respondeu dizendo apenas:

– Ame quem a ama, não se deixe surpreender de forma alguma pelas aparências e tire-me da prisão.

Esse discurso, repetido continuamente sem maiores explicações, colocou Bela numa agonia infinita.

– Como você quer que eu faça? – ela lhe disse. – Eu gostaria de, a qualquer custo, libertá-lo, mas essa boa vontade é inútil para mim, se você não me fornece os meios para colocá-la em prática.

O desconhecido respondeu-lhe; mas o fez de uma forma tão confusa que ela não entendeu nada. Mil situações extravagantes passavam diante de seus olhos. Ela via o monstro em um trono que brilhava com pedras preciosas, em que ele a chamava e a convidava a se colocar a seu lado; um momento depois, o desconhecido o fazia descer bruscamente e ocupava seu lugar. Quando a Fera recuperava a vantagem, o desconhecido desaparecia por sua vez. Falava com ela através de um véu negro, que mudava sua voz e a tornava assustadora.

O tempo todo de seu sono transcorreu assim; e, apesar da agitação que ele lhe causava, ela descobriu, no entanto, que terminava cedo demais para ela, já que seu despertar a privava do objeto de sua ternura. Ao sair do banheiro, vários trabalhos, os livros e os animais a ocuparam até a hora do teatro. Chegou o momento de ir para lá. Mas ela não estava mais no mesmo teatro, aquele era o da ópera, que teve início tão logo ela se instalou. O espetáculo era magnífico, assim como os espectadores. Os espelhos permitiam enxergar com clareza até o menor detalhe do vestuário na plateia. Feliz em ver figuras humanas, muitas das quais conhecia, teria tido grande prazer em falar com elas e se fazer ouvir.

Mais satisfeita com esse dia que com o anterior, o resto foi semelhante ao que tinha acontecido desde que estava naquele palácio. A Fera veio à noite; depois de sua visita, retirou-se como de costume. A noite foi parecida com as outras, ou seja, cheia de sonhos agradáveis. Quando ela acordou, encontrou o mesmo número de serviçais para atendê-la. Depois do almoço, suas ocupações foram diferentes.

No dia anterior, ao abrir outra janela, encontrara-se na ópera; para variar suas diversões, ela abriu uma terceira, que lhe proporcionou os prazeres da feira de Saint-Germain, muito mais brilhante então do que é hoje. Mas como ainda não era chegada a hora em que a trupe principal deveria se apresentar, ela teve tempo para ver e examinar tudo.

Observou ali as mais raras curiosidades, as extraordinárias produções da natureza, as obras de arte; os mínimos detalhes surgiram diante de seus olhos. Mesmo as marionetes não foram, na falta de coisa melhor, uma diversão indigna dela. A ópera-cômica estava em seu esplendor. Bela ficou muito feliz.

Na saída desse espetáculo, ela viu pessoas distintas passeando pelas lojas. Reconheceu entre elas jogadores profissionais, que iam para aquele lugar como se fossem para seu escritório. Observou que, perdendo dinheiro para a habilidade daqueles contra os quais jogavam, eles saíam com expressões menos alegres que aquelas que exibiam quando ali tinham entrado. Jogadores prudentes, que não colocavam suas fortunas em risco no jogo, e que jogavam para lucrar com seu talento, não conseguiam esconder de Bela suas artimanhas. Ela teria gostado de avisar as partes sofredoras do mal que era feito para elas, mas, distante deles mais de mil léguas, não conseguia fazê-lo. Ela ouvia e percebia tudo muito claramente, sem que lhe fosse possível fazê-los ouvir sua voz ou mesmo ser notada por eles. Os reflexos que levavam a ela o que via, o que ouvia, não eram perfeitos o suficiente para retornar da mesma forma. Ela estava colocada acima do ar e do vento, tudo chegava a Bela como pensamento. Percebendo isso, deixou de fazer tentativas inúteis.

Já passava da meia-noite quando ela decidiu ir dormir. A necessidade de comer poderia tê-la informado da hora, mas ela encontrara em seu camarote licores e cestos cheios de tudo que era necessário para um lanche. Sua ceia foi leve e curta. Ela se apressou em se deitar. A Fera notou sua impaciência e veio apenas lhe desejar boa-noite, para lhe permitir ir dormir e dar ao desconhecido a liberdade de reaparecer. Os dias seguintes foram semelhantes. Ela dispunha de fontes inesgotáveis de diversão em suas janelas. Quanto às outras três, uma lhe oferecia o prazer da Comédia-Italiana, a outra o da vista das Tulherias, para onde acorre o que a Europa tem de melhor em termos de pessoas ilustres e elegantes de ambos os sexos. A última não era menos agradável: fornecia-lhe uma maneira segura de saber tudo o que estava sendo feito no mundo. A cena era interessante e diversificada de várias maneiras. Às vezes, era uma famosa embaixada que ela via, um casamento ilustre ou algumas revoluções interessantes. Ela estava nessa janela na época da última revolta dos janízaros, que acompanhou até o final.

A qualquer momento que fosse lá, tinha certeza de encontrar uma ocupação agradável. O tédio que sentira nos primeiros dias ouvindo a Fera fora completamente dissipado. Seus olhos se haviam acostumado à sua feiura. Estava preparada para suas perguntas tolas e, se a conversa fosse mais longa, talvez ela a visse com mais prazer. Mas quatro ou cinco frases, sempre as mesmas, ditas asperamente e que exigiam apenas sim ou não como resposta, não eram de seu gosto.

Como tudo parecia acorrer para atender aos desejos de Bela, ela se preocupava mais em se arrumar, embora estivesse certa de que ninguém iria vê-la. Mas ela se dava a esse luxo, e sentia prazer em colocar os vários trajes de todas as nações da terra, ainda mais porque facilmente seu guarda-roupa lhe fornecia tudo que pudesse desejar, e todos os dias lhe apresentava algo novo. Quando usava os diversos adornos, o espelho a avisava que estava conforme o gosto de todas as nações, e seus animais, cada um de acordo com seus talentos, repetiam-lhe isso o tempo todo: os macacos com gestos, os papagaios com discursos e os pássaros com o canto.

Uma vida tão deliciosa deveria satisfazer seus desejos, mas as pessoas se cansam de tudo; a maior felicidade torna-se insípida quando é contínua, gira sempre em torno da mesma coisa e se encontra livre do medo e da esperança. Bela comprovou isso. A lembrança de sua família veio incomodá-la em meio a sua prosperidade. Sua felicidade não poderia ser perfeita se não tivesse a alegria de falar dela para seus familiares.

Como se tornara mais íntima da Fera, seja pelo hábito de vê-la, seja pela doçura que encontrava em seu caráter, achou que poderia lhe perguntar uma coisa; só tomou essa liberdade depois de fazê-la prometer que não ficaria zangada. A pergunta foi se estavam sozinhos naquele castelo.

– Sim, eu lhe asseguro – respondeu o monstro com certa vivacidade –, e tenha certeza que você e eu, os macacos e os outros animais somos os únicos seres que respiram neste lugar.

A Fera não disse mais nada e saiu mais abruptamente que o normal.

Bela fizera a pergunta apenas para tentar descobrir se o amante dela não estava naquele palácio. Ela teria gostado de vê-lo e de conversar com ele. Era uma felicidade pela qual teria pago o preço de sua liberdade e até mesmo de todas as amenidades que a rodeavam. Aquele jovem encantador existia apenas em sua imaginação, ela via o palácio como uma prisão que se tornaria seu túmulo.

Essas ideias tristes voltaram a assaltá-la à noite. Ela achou que estava à beira de um grande canal. Entristeceu-se quando seu querido desconhecido, alarmado com sua sofrida condição, disse-lhe ternamente, pressionando as mãos dela entre as suas:

– O que você tem, minha querida Bela, que possa lhe desagradar e que seja capaz de perturbar sua tranquilidade? Em nome do amor que tenho por você, peço-lhe que diga, nada lhe será recusado. Aqui, você é a única soberana, tudo está sujeito às suas ordens. De onde vem esse tédio que a atinge? É a visão da Fera que a entristece? É preciso que você se livre dela.

Após essas palavras, Bela pensou ter visto o desconhecido puxar um punhal e se colocar em posição de cortar a garganta do monstro, que não fazia esforço algum para se defender, chegando mesmo a se oferecer a seus golpes com uma submissão e docilidade que fizeram Bela recear, em sua sonolência, que o desconhecido executasse seu intento antes que ela pudesse impedi-lo, embora tivesse se levantado para correr em seu auxílio. Assim que soube da intenção dele, para aumentar os efeitos de sua proteção, ela gritou com todas as forças:

– Pare, bárbaro, não agrida meu benfeitor, ou então me mate.

O jovem, que persistia em atacar a Fera apesar dos gritos de Bela, disse-lhe com raiva:

– Então você não me ama mais, já que está do lado desse monstro que se opõe à minha felicidade?

– Você é um ingrato – ela continuou, sempre segurando-o –, eu o amo mais que a minha vida, e preferiria perdê-la a deixar de amá-lo. Você é tudo para mim, e eu seria injusta se o comparasse a qualquer coisa no mundo. Sem lamentar, eu renunciaria a isso para segui-lo nos desertos mais selvagens. Mas esses sentimentos carinhosos nada podem em relação à minha gratidão. Devo tudo à Fera; ela adivinha meus desejos, ela me proporcionou a felicidade de conhecê-lo, e eu preferiria me submeter à morte a ter de suportar que você lhe imponha o menor ultraje.

Depois de tais combates, os objetos desapareceram e Bela pensou ter visto a senhora com que havia se deparado algumas noites antes, que lhe disse:

– Coragem, Bela, seja o modelo das mulheres generosas. Torne-se conhecida como uma pessoa tão sábia quanto encantadora, não hesite a ponto de sacrificar sua inclinação ao seu dever. Você toma o verdadeiro caminho da felicidade. Será feliz, desde que não se fie em aparências enganosas.

Quando acordou, Bela prestou atenção a esse sonho, que começava a lhe parecer misterioso e permaneceu um enigma para ela. O desejo de rever o pai prevaleceu durante o dia sobre as preocupações que o monstro e o desconhecido lhe causavam quando ela dormia. Assim, nem tranquila à noite, nem feliz de dia, embora em meio à maior opulência, para acalmar seus problemas ela só dispunha do prazer dos espetáculos. Ela foi à Comédia-Italiana, de onde, na primeira cena, saiu para ir à ópera, mas da qual se ausentou novamente com a mesma prontidão. Seu tédio a seguia por toda parte; em muitas ocasiões, abria seis janelas mais de seis vezes cada uma, sem encontrar nisso um momento de tranquilidade. As noites que passava eram semelhantes aos dias, o tempo todo na agitação: a tristeza agia violentamente sobre seus atrativos e sua saúde.

Ela fazia um grande esforço para esconder da Fera a dor que a dominava, e o monstro, que por várias vezes a surpreendera em lágrimas, vendo-a afirmar que se tratava apenas de uma ligeira dor de cabeça, não levava adiante sua curiosidade. Mas, uma noite, seus soluços a traíram e, sem conseguir dissimulá-los, disse à Fera, a qual queria saber o motivo de sua dor, que desejava rever seus familiares.

Diante dessa proposta, a Fera caiu sem forças para se sustentar e, soltando um suspiro, ou melhor, dando um urro capaz de matar alguém de medo, respondeu:

– Então, Bela, você quer abandonar uma infeliz Fera! Devo acreditar que teria tão pouca gratidão? O que lhe falta para ser feliz? Não deveriam as atenções que tenho para você evitarem que me odiasse? Você é injusta ao preferir a casa de seu pai e a inveja de suas irmãs; ao achar melhor ir tomar conta dos rebanhos que desfrutar dos prazeres da vida aqui. Não é por ternura por seus familiares, é por antipatia contra mim que você quer ir embora.

– Não, Fera – respondeu Bela, com ar tímido e sedutor. – Não odeio você e ficaria triste de perder a esperança de vê-lo novamente; mas não consigo superar meu desejo de abraçar minha família. Permita que me ausente por dois meses e prometo voltar com alegria para passar o resto da minha vida ao seu lado e nunca mais pedir permissão novamente.

Durante esse discurso, a Fera, deitada no chão e com a cabeça prostrada, só mostrava que ainda respirava por meio de seus suspiros dolorosos. Ela respondeu a Bela nos seguintes termos:

– Não posso lhe recusar nada; mas isso pode me custar a minha vida. Não importa. No gabinete mais próximo do seu quarto, você encontrará quatro caixas: encha-as com tudo que quiser, para você ou para seus familiares. Se faltar com a sua palavra, você se arrependerá e sentirá muito pela morte de sua pobre Fera, quando então já será tarde demais. Volte depois de dois meses, você vai me encontrar com vida. Para o seu retorno, não precisará de meio de transporte: apenas despeça-se de sua família à noite, antes de ir deitar, e, quando estiver na cama, gire seu anel com a pedra para dentro e diga com voz firme: Quero voltar ao meu palácio para rever minha Fera. Boa noite, não se preocupe com nada: durma tranquilamente, você verá seu pai amanhã cedo. Adeus, Bela.

Assim que se viu sozinha, ela correu para encher as caixas com todos os mimos e riquezas imagináveis. Elas só ficaram cheias quando ela se cansou de colocar coisas dentro. Depois de todos esses preparativos, ela foi dormir. A esperança de ver sua família de novo a manteve acordada todo o tempo em que deveria ter dormido, e o sono só a dominou na hora em que teria de se levantar. Ao dormir, ela viu seu amável desconhecido, mas não era mais o mesmo; deitado em um leito de grama, ele parecia trespassado pela mais intensa dor.

Bela, tocada por vê-lo nesse estado, tentou tirá-lo dessa profunda melancolia, perguntando-lhe o motivo de seu sofrimento. Mas seu amante, olhando languidamente para ela, disse:

– Como pode você, desumana, me fazer essa pergunta? Não sabe que, com sua partida, decreta minha morte?

– Não ceda à dor, querido desconhecido; minha ausência – ela respondeu – será curta, só quero tranquilizar minha família quanto ao destino cruel que acham que sofri; voltarei imediatamente para este palácio. Não vou mais abandoná-lo. Como eu poderia abandonar um lugar que tanto agrada a mim? Além disso, dei minha palavra para a Fera de que vou retornar, e não posso faltar com ela. Mas por que essa viagem tem de nos separar? Seja meu guia. Vou adiar minha viagem até amanhã, para obter permissão da Fera para isso. Tenho certeza de que ela não vai me recusar. Aceite minha proposta: não nos deixaremos; voltaremos juntos; minha família ficará encantada em vê-lo, e sei que terá por você todo o respeito que merece.

– Não posso atender a seus desejos – respondeu o amante –, a menos que esteja decidida a nunca mais voltar para cá. Essa é a única maneira pela qual pode me tirar deste lugar. Veja o que quer fazer. O poder dos que aqui habitam não é grande o suficiente para forçá-la a retornar. Nada pode acontecer com você, exceto magoar a Fera.

– Você não pensa – replicou Bela, com vivacidade – que ela me disse que morreria se eu faltasse com minha palavra...

– O que importa para você? – respondeu o amante. – Será um infortúnio se, para sua satisfação, custar apenas a vida de um monstro? De que serve ele no mundo? Alguém perderia com a destruição de um ser que só existe na Terra para horrorizar toda a natureza?

– Ah, saiba – exclamou Bela quase com raiva – que eu daria minha vida para preservar a dele, e que esse monstro, que o é apenas na aparência, tem um humor tão humano que não deve ser punido por uma deformidade para a qual não contribui de forma alguma; não posso pagar suas gentilezas com uma tão cruel ingratidão.

O desconhecido, interrompendo-a, perguntou-lhe o que ela faria se o monstro tentasse matá-lo; e, se um deles tivesse de matar o outro, a quem daria ajuda.

– Amo apenas você – ela respondeu; mas embora minha ternura seja extrema, ela não consegue enfraquecer minha gratidão pela Fera; e se eu estivesse nessa ocasião fatal, evitaria a dor que as consequências desse combate poderiam me causar matando a mim mesma. Mas qual é o motivo dessas suposições tão ruins? Ainda que sejam imaginárias, pensar nelas me faz congelar. Vamos mudar de assunto.

Ela deu o exemplo, dizendo-lhe tudo que uma amante terna pode falar de mais lisonjeiro para seu amado. Não se deixou conter pelo decoro, e, pelo fato de o sono lhe dar a liberdade de agir naturalmente, desvelou para ele sentimentos que teria reprimido se estivesse no uso perfeito de sua razão. O sono dela foi longo e, quando despertou, temeu que a Fera lhe faltasse com a palavra. Ela estava nessa incerteza quando ouviu uma voz humana, que reconheceu. Abrindo a cortina apressadamente, ficou surpresa ao se ver em um quarto que não conhecia e cujos móveis não eram tão bonitos como os do palácio da Fera.

Esse efeito prodigioso a fez se apressar em se levantar e abrir a porta do quarto. Ela não se reconhecia de forma alguma naquele aposento. O mais espantoso foi encontrar ali as quatro caixas que preparara no dia anterior. O transporte de sua pessoa e de seus tesouros era uma prova do poder e da bondade da Fera. Mas em que lugar ela estava? Ela não sabia. Quando, finalmente, ouviu a voz do pai, jogou-se no pescoço dele. Sua presença surpreendeu os irmãos e irmãs. Eles a olhavam como se ela tivesse chegado de outro mundo. Todos a abraçaram com as maiores demonstrações de alegria, mas suas irmãs ainda a olhavam com reticência. O ciúme delas não fora destruído.

Depois de muito carinho de ambas as partes, o velho quis conversar com ela em particular, para saber dela as circunstâncias de uma viagem tão surpreendente, e informá-la da situação de sua fortuna, para a qual ela tanto havia contribuído. Disse-lhe que, no dia em que a deixara no palácio da Fera, retornara para casa na mesma noite, sem nenhum cansaço; que durante sua jornada ele havia se ocupado com as formas de ocultar suas malas do conhecimento dos filhos, desejando que elas pudessem ser levadas a um pequeno gabinete ao lado de seu quarto, do qual só ele tinha a chave; que vira esse desejo como impossível, mas que, ao desmontar, com o cavalo que carregava suas malas tendo fugido, ele imediatamente se viu livre da obrigação de esconder seus tesouros.

– Confesso – disse o velho à filha – que aquelas riquezas, das quais eu me considerava privado, não me entristeceram nem um pouco, pois eu não as possuíra o suficiente para me arrepender muito. Mas essa aventura me pareceu um prognóstico cruel do seu destino. Eu não tinha dúvida de que a Fera traiçoeira se comportava da mesma maneira com você; temia que as bondades dela para você não fossem mais duradouras. Essa ideia me causou ansiedade; para disfarçar, fingi precisar de descanso; era apenas para me entregar sem restrição ao sofrimento. Pensei que a perdera definitivamente. Mas minha aflição não durou. Ao ver minhas malas, que acreditava estarem perdidas, renovei minhas esperanças de que você estivesse feliz; eu as encontrei no meu pequeno gabinete, exatamente onde queria; as chaves, que havia esquecido na mesa onde passamos a noite, estavam nas fechaduras. Essa circunstância, que me deu uma nova prova da bondade da Fera, sempre atenta, encheu-me de alegria. Foi então que, não mais duvidando que sua aventura tivesse tido um resultado positivo, eu me recriminei pelas suspeitas injustas que havia tido em relação à honestidade desse generoso monstro, e pedi a ele cem vezes perdão pelos insultos que minha dor me forçara a proferir. Sem informar meus filhos da extensão da minha fortuna, contentei-me em dar a eles o que você tinha mandado, e mostrar-lhes joias de pouco valor. Depois, fingi tê-las vendido e ter usado o dinheiro para nos proporcionar uma vida mais cômoda. Comprei esta casa: tenho escravos que nos poupam dos trabalhos aos quais a necessidade nos sujeitava. Meus filhos desfrutam de uma vida tranquila, é tudo o que eu queria. Outrora, a ostentação e o esplendor atraíram invejosos para mim; eu ainda estaria atraindo-os se assumisse a postura de um milionário rico. Vários partidos, Bela, se apresentam para suas irmãs, vou casá-las sem demora, e sua chegada feliz me estimula a isso. Tendo lhes dado a parte que você decidirá que devo oferecer dos bens que me proporcionou, e após ter me ocupado de seus casamentos, viveremos, minha filha, com seus irmãos, a quem seus presentes não foram capazes de consolar pela sua perda, ou, se achar melhor, moraremos nós dois juntos.

Bela, tocada pela bondade do pai e pelos testemunhos que ele lhe transmitia da amizade dos irmãos, agradeceu-lhe ternamente todas as suas ofertas, e achou ser seu dever não esconder que não tinha vindo para ficar com ele. O homem, triste por não ter nenhuma filha para apoiá-lo na velhice, não tentou, no entanto, demovê-la de um dever que reconhecia como indispensável.

Bela, por sua vez, contou-lhe o que lhe havia acontecido desde sua ausência. Falou a ele sobre a vida feliz que estava levando. O velho, contente com os detalhes encantadores das aventuras da filha, cumulou a Fera de bênçãos. Sua alegria foi muito maior quando Bela, abrindo as caixas, o fez ver as imensas riquezas e saber que ele teria a liberdade de dispor daquelas que ele havia trazido em favor de seus filhos, tendo o suficiente dessas últimas marcas da generosidade da Fera para viver confortavelmente com eles. Encontrando nesse monstro uma alma bela demais para ser alojada em um corpo tão desprezível, apesar de sua fealdade, achou que era seu dever aconselhar a filha a se casar com ele. E chegou mesmo a usar as razões mais fortes para fazê-la tomar essa decisão.

– Você não deve – disse ele – basear-se no que vê. Você é constantemente estimulada a se deixar guiar pela gratidão. Seguindo os movimentos que ela inspira, asseguram a você que será feliz. É verdade que você recebe esses avisos apenas em sonho; mas esses sonhos vêm um atrás do outro e são frequentes demais para serem atribuídos apenas ao acaso. Eles lhe prometem vantagens consideráveis, é o suficiente para superar sua repugnância. Então, quando a Fera lhe perguntar se você quer que ela durma com você, aconselho que não a rejeite. Você me confessa que é ternamente amada. Tome as medidas adequadas para que sua união seja para sempre. É mais vantajoso ter um marido de caráter amável que alguém que tenha apenas a boa aparência como único mérito. Quantas filhas são levadas a se casar com feras ricas, porém mais animalescas que a Fera, que o é apenas pela figura e não por sentimentos e ações?

Bela concordou com todas essas razões. Mas resolver tomar como marido um monstro horrível por sua figura e cuja mente era tão material quanto o corpo... isso não lhe parecia possível.

– Como – ela respondeu ao pai – decidirei escolher um marido com quem não posso me divertir e cuja figura não será consertada por uma conversa interessante? Nenhuma posse vai me distrair e me afastar desse negócio infeliz. Não ter a oportunidade de estar por vezes distante. Limitar meu prazer a cinco ou seis perguntas que estarão relacionadas ao meu apetite e à minha saúde; ver terminar essa conversa bizarra com um "boa noite, Bela", um refrão que meus papagaios sabem de cor e que repetem cem vezes por dia; não está em meu poder fazer tal casamento, e prefiro morrer de uma vez que morrer todos os dias de medo, pesar, desgosto e tédio. Nada fala a seu favor, exceto a atenção que essa Fera tem de me fazer uma breve visita e aparecer diante de mim apenas a cada vinte e quatro horas. É suficiente para inspirar amor?

O pai concordava que a filha tinha razão; mas, vendo na Fera tanta complacência, não a considerava tão estúpida. A ordem, a abundância, o bom gosto que reinavam em seu palácio não eram, segundo ele, obra de um tolo. Por fim, ele o achava digno das atenções da filha; e Bela admitiu sentir carinho pelo monstro, mas seu amante noturno vinha colocar obstáculos a isso. A comparação que ela fazia desses dois amantes não podia ser vantajosa para a Fera. Mesmo o velho não ignorava a grande diferença que devia ser estabelecida entre os dois. No entanto, ele tentou por todos os meios vencer a repugnância dela. Ele a fez lembrar-se dos conselhos da senhora, que a advertira para não se deixar guiar pelo olhar e, em suas falas, parecera dar a entender que aquele rapaz só podia fazê-la infeliz.

É mais fácil raciocinar sobre o amor que vencê-lo. Bela não teve a força para se render aos reiterados argumentos do pai. Ele a deixou sem ter conseguido persuadi-la. A noite, já bastante adiantada, convidava-a a descansar, e a moça, embora encantada por revê-lo, não lamentou a permissão que ele lhe deu para ir dormir. Ela ficou feliz por estar sozinha. Seus olhos pesados a faziam esperar que, ao se deitar, fosse logo rever seu querido amado. Ela estava impaciente para experimentar esse doce prazer. Uma ansiedade suave marcava a alegria que seu terno coração podia sentir com uma troca tão boa; mas a imaginação dela, ao descrever a seu pai os lugares onde costumava ter conversas encantadoras com aquele querido desconhecido, não era de forma alguma poderosa o suficiente para fazer com que ele o visse como ela teria desejado.

Várias vezes acordou, várias vezes voltou a dormir, e os amores não voltearam em torno de sua cama; para dizer a verdade, em vez de uma noite cheia de doçura e prazeres inocentes, os quais ela contara passar nos braços do sono, aquela foi para ela de uma duração extrema e cheia de inquietações. No palácio da Fera, ela nunca tivera tais coisas, e o dia, que ela viu raiar com um misto de satisfação e impaciência, veio providencialmente aliviá-la desses cruéis problemas.

Seu pai, enriquecido pela generosidade da Fera, por estar em condições de proporcionar casamentos para as filhas, havia deixado a casa do campo. Ele morava em uma cidade muito grande, onde sua nova fortuna acabara de lhe trazer novos amigos, ou melhor, novos conhecidos. Entre as pessoas que ele via, logo se espalhou o rumor de que a mais nova de suas filhas estava de volta. Todos mostraram a mesma ansiedade para vê-la, e ficaram tão encantados com sua inteligência quanto com sua pessoa.

Os dias tranquilos que ela passara em seu palácio desértico, os prazeres inocentes que um doce sono lhe proporcionava incessantemente, mil diversões que se sucediam para que o tédio não penetrasse em seu coração; enfim, todas as atenções do monstro tinham contribuído para torná-la ainda mais bonita e encantadora do que era quando seu pai a deixara.

Ela provocou a admiração dos que a viram. Os pretendentes de suas irmãs, sem se importar em encontrar a menor desculpa para sua infidelidade, apaixonaram-se por ela e, atraídos pela força de seus encantos, não tiveram vergonha alguma de abandonar suas primeiras namoradas. Insensível às atenções excessivas de uma multidão de fiéis, ela dedicou-se como pôde a desestimulá-los e fazê-los retornar a seus primeiros amores, mas, apesar de todos os seus cuidados, não ficou a salvo do ciúme das irmãs.

Esses pretendentes volúveis, longe de esconder sua nova paixão, inventavam todos os dias algumas festas para lhe fazer a corte. Chegaram mesmo a implorar que ela estabelecesse um prêmio que pudesse animar os jogos que desejavam promover em sua honra, mas Bela, que não podia ignorar a tristeza que causava às irmãs, e que não queria recusar inteiramente a gentileza que lhe pediam com tanta insistência e de forma tão galante, encontrou uma maneira de satisfazer a todos, declarando que suas irmãs e ela iriam, sucessivamente, entregar os prêmios devidos aos vencedores. O que ela prometia não passava de uma flor ou de algo parecido. Deixou para as mais velhas a glória de oferecer em sua vez joias, coroas de diamantes, armas ricas ou braceletes imponentes, presentes que sua mão liberal lhes fornecia e dos quais não desejava obter a honra. Os tesouros que o monstro lhe tinha dado não permitiam que lhe faltasse nada. Ela compartilhava com as irmãs tudo que trouxera de mais raro e elegante. Ao dar apenas ninharias de sua parte e deixando a elas o prazer de oferecer muito, ela contava inspirar naqueles jovens tanto o amor quanto a gratidão. Mas os pretendentes estavam interessados em seu coração, e o que ela lhes dava era mais precioso para eles que todos os tesouros oferecidos pelas outras.

Os prazeres que ela desfrutava no convívio com a família, embora muito inferiores aos que experimentava no palácio da Fera, divertiram-na o suficiente para que não ficasse entediada. No entanto, a satisfação de ver o pai, a quem amava muito, o prazer de estar com os irmãos, que de centenas de maneiras diferentes estavam se esforçando para mostrar a ela todo o tamanho de sua amizade, e a alegria de conversar com as irmãs, a quem amava, embora não fosse amada por elas, não puderam impedi-la de sentir saudade de seus agradáveis sonhos. Seu desconhecido devia estar magoado com ela! Na casa de seu pai, já não vinha no meio do sono para lhe falar das maneiras mais ternas. O interesse que os pretendentes de suas irmãs demonstravam ter por ela não compensava esse prazer imaginário. Ainda que tivesse uma personalidade capaz de ficar impressionada com tais conquistas, ela sabia bem estabelecer a grande diferença entre as atenções deles e as da Fera e de seu amável desconhecido.

As atenções que eles lhe ofereciam foram recompensadas apenas com a maior indiferença possível; mas Bela, vendo-os, apesar de sua frieza, obstinadamente dispostos a disputar entre si para ver quem mais lhe dava provas de um amor apaixonado, pensou que era seu dever informá-los que estavam perdendo seu tempo. O primeiro que ela tentou desenganar foi o pretendente de sua irmã mais velha, a quem comunicou que só tinha vindo até sua família para assistir ao casamento das irmãs, especialmente a mais velha, e que ia pedir ao pai que apressasse a realização dele. Bela não se deparou com um homem apaixonado pelos atrativos da irmã. Ele só suspirava por ela, e frieza, desdém, ameaças de ir embora antes que os dois meses findassem, nada disso foi capaz de demovê-lo. Muito aflita por não ter conseguido seu intento, ela fez o mesmo discurso para os outros, nos quais teve o desgosto de detectar sentimentos parecidos. Para cúmulo de sua tristeza, suas injustas irmãs, que a viam como rival, conceberam contra ela uma aversão que não puderam esconder, e enquanto Bela lamentava o efeito excessivo de seus encantos, ela ainda enfrentou a dor de ficar sabendo que aqueles novos pretendentes, diante da ideia de que se prejudicavam mutuamente, e que um era o motivo de o outro não ser escolhido, quiseram, da forma mais bizarra, lutar entre si. Todos esses inconvenientes a levaram a decidir ir embora mais cedo do que havia planejado.

O pai e os irmãos tudo tentaram para retê-la com eles; mas, sendo ela escrava de sua palavra, firme em sua resolução, as lágrimas de um e as orações de outros não puderam vencê-la. Tudo que conseguiram foi que ela adiasse a partida o máximo possível. Os dois meses tinham terminado e todas as manhãs ela tomava a decisão de se despedir da família, sem ter tido a força de fazê-lo na noite anterior. Dominada por sentimentos de ternura e gratidão, ela não podia se inclinar para um sem fazer injustiça a outro.

Em meio a essa hesitação, um simples sonho foi suficiente para que tomasse uma atitude. Ela dormia no palácio da Fera, e estando em uma aleia afastada, ao final da qual havia uma grande quantidade de arbustos que escondiam a abertura de uma caverna da qual emanavam terríveis gemidos, ela reconheceu a voz da Fera; correu até lá para ajudá-la. O monstro, que lhe apareceu em seu sonho estendido por terra e morrendo, censurou-a dizendo que ela o havia colocado naquele triste estado, e que ela pagara seu amor apenas com a mais negra ingratidão. Então, Bela viu a senhora com quem já havia se deparado enquanto dormia, a qual lhe disse com ar severo que ela estaria praticamente perdida se demorasse a honrar seus compromissos; que tinha dado sua palavra à Fera de retornar em dois meses, prazo que havia expirado; que, se demorasse mais um dia, a Fera morreria; que a desordem que ela causava na casa de seu pai e o ódio de suas irmãs deviam fazê-la partir, ainda mais pelo fato de que, no palácio da Fera, tudo se unia para agradá-la.

Bela, assustada com esse sonho e temendo ser a causa da morte da Fera, acordou de repente e declarou sem demora para toda a família que não mais desejava adiar sua partida. A notícia causou reações diferentes. O pai deixou suas lágrimas falarem, os filhos protestaram que não permitiriam que ela fosse embora, e os pretendentes em desespero juraram não arredar pé de sua casa de jeito nenhum. Só as jovens, longe de parecerem angustiadas com a partida da irmã, apenas elogiaram sua firmeza; chegando mesmo a assumir tal virtude, elas ousaram assegurar que se, como Bela, houvessem dado sua palavra, a figura da Fera não as faria hesitar com relação a um dever tão justo e já estariam de volta àquele palácio maravilhoso. Foi assim que elas procuraram disfarçar o ciúme cruel que tinham no coração. No entanto, Bela, encantada pelos aparentes sentimentos de generosidade delas, só pensou em convencer os irmãos e os pretendentes da obrigação que ela tinha de se afastar deles. Mas os irmãos a amavam demais para consentir em sua partida, e os pretendentes, muito apaixonados, não conseguiam dar ouvidos à razão. Tanto uns como os outros, por ignorar o modo como Bela chegara à casa do pai e, com a certeza de que o cavalo que na primeira vez a levara ao palácio da Fera viria buscá-la, resolveram se unir para impedi-lo.

As irmãs, que apenas aparentavam uma boa-fé fingida para esconder a alegria que sentiam no íntimo, vendo o momento da partida da irmã se aproximar, temeram mais que a morte que eles retardassem sua realização. Mas Bela, firme em sua resolução, sabendo para onde o dever a chamava e não tendo tempo a perder para prolongar os dias da Fera, sua benfeitora, assim que a noite chegou, despediu-se de toda a família e daqueles que estavam interessados em seu destino. Ela lhes assegurou que, não importava a providência que tomassem para impedir sua partida, estaria no palácio da Fera na manhã seguinte, antes que eles estivessem acordados, que todas as medidas deles seriam inúteis e que ela queria voltar para o palácio encantado.

Não se esqueceu, ao ir para a cama, de virar o anel. Seu sono foi longo, ela só acordou quando seu relógio, soando as doze horas, a fez ouvir seu nome como música. Por esse sinal, ela soube que seus desejos tinham sido cumpridos. Quando deixou claro que não queria mais dormir, sua cama foi rodeada por aqueles animais que se apressaram em servi-la. Todos lhe demonstraram a satisfação que tinham pelo seu retorno e a informaram da dor que sua longa ausência lhes causara.

Aquele dia lhe pareceu mais longo que qualquer outro que ela passara ali; não que sentisse saudade da companhia que tinha deixado, mas estava impaciente para ver a Fera de novo e nada poupar para se justificar. Outra esperança que ela acalentava era ter em seu sono as gentis conversas do desconhecido, um prazer do qual havia sido privada durante os dois meses que passara com a família, e que só podia experimentar no recinto do palácio.

Ao final, a Fera e o desconhecido foram alternadamente o tema de seus devaneios. Em um momento, ela se censurava por não poder corresponder a um amante que, sob uma figura monstruosa, fazia surgir uma alma tão bela; em outro, ficava triste por entregar seu coração a uma imagem fantástica que não possuía por existência senão aquela que seus sonhos lhe proporcionavam. Ela tinha dúvidas se seu coração devia preferir uma quimera ao amor verdadeiro de uma Fera. O sonho que a fazia encontrar o belo desconhecido a advertia constantemente para não se basear no que seus olhos viam. Ela temia que aquilo fosse uma ilusão vã que o vapor do sono cria e que o despertar destrói.

Assim, sempre indecisa, amando o desconhecido, não querendo desagradar à Fera e buscando apenas se ocupar com seus prazeres, ela foi à Comédia-Francesa, que achou completamente sem atrativo. Fechando a janela de forma abrupta, esperou compensar na ópera: a música lhe pareceu lamentável. Os italianos também não tiveram talento para diverti-la; ela achou a peça deles sem sal, sem alma e sem direção. O tédio e desgosto que a perseguiam não lhe permitiram encontrar prazer em lugar algum. Ela não achou nenhuma diversão nos jardins. Sua corte procurou agradá-la, alguns perderam o fruto de seus malabarismos, outros o de seus belos discursos e de seu chilrear. Ela estava ansiosa para receber a visita da Fera, de quem acreditava ouvir o ruído a cada instante. Mas a hora tão desejada chegou sem que a Fera surgisse. Alarmada e zangada com a demora, ela não sabia qual a origem de sua ausência. Flutuando entre o medo e a esperança, a mente inquieta, o coração dominado pela tristeza, desceu aos jardins, determinada a não voltar ao palácio até encontrar a Fera. Em todos os lugares por onde passou, não viu nenhum traço de sua presença. Chamou por ela, mas só o eco repetiu seus gritos. Tendo passado mais de três horas nesse exercício desagradável, e sobrecarregada de cansaço, sentou-se num banco. Imaginou que a Fera estava morta, ou que havia abandonado o lugar. Ela estava sozinha naquele palácio, sem esperança de sair dele. Tinha saudade da conversa com a Fera, embora não a achasse divertida, e o que lhe parecia extraordinário era encontrar tanta sensibilidade naquele monstro. Ela se culpou por não ter se casado com ele. Vendo-se como a autora de sua morte (pois temia que sua ausência muito longa a tivesse causado), fez para si mesma as mais duras e sangrentas reprovações.

No meio de suas tristes reflexões, viu que estava na mesma aleia onde, na última noite que passara na casa do pai, visualizara o monstro moribundo em uma caverna desconhecida. Convencida de que não havia sido conduzida àquele lugar por puro acaso, caminhou com firmeza em direção à cortina de vegetação, que não achou impenetrável. Viu ali um antro oco que lhe parecia ser o mesmo que acreditara ver em sonho. Como a lua projetava no local apenas uma luz fraca, os macacos pajens surgiram imediatamente com uma quantidade de tochas suficiente para iluminar aquele antro e permitir que ela visse a Fera deitada no chão, a qual ela pensou estar dormindo. Longe de se assustar com a visão, Bela ficou muito satisfeita e, aproximando-se ousadamente, passou-lhe a mão na cabeça, chamando-a várias vezes; mas, sentindo-a fria e imóvel, não duvidou mais de sua morte, o que a fez proferir gritos lancinantes e dizer coisas de cortar o coração.

A certeza de sua morte, no entanto, não a impediu de fazer seus esforços para trazê-la à vida. Quando colocou a mão em seu coração, sentiu com inexprimível alegria que ela ainda respirava. Saiu da caverna e correu até um pequeno lago, onde, pegando a água com as mãos, veio jogá-la nela; mas, como só conseguia apanhar um pouquinho por vez, e como a água se perdia antes de ela chegar perto da Fera, sua providência teria sido tardia sem a ajuda dos cortesãos macacos que correram até o palácio e retornaram com tanta rapidez que num instante ela pôde dispor de um vaso para pegar água e licores fortificantes. Ela fez a Fera respirar e engolir, o que, ao produzir um efeito admirável, imprimiu-lhe algum movimento, e pouco depois lhe restituiu a consciência. Bela falou com ela para animá-la e lhe fez tantos carinhos que ela se recuperou.

– Quanta preocupação você me causou! – disse gentilmente para a Fera. – Eu não sabia quanto o amava. O medo de perdê-lo me fez perceber que eu estava ligada a você por laços mais fortes que os da gratidão. Juro que só pensava em morrer, se não tivesse conseguido salvar sua vida.

Diante dessas palavras carinhosas, a Fera, sentindo-se completamente aliviada, respondeu com voz no entanto ainda fraca:

– Você é muito boa, Bela, ao amar um monstro tão feio, mas faz bem: eu a amo mais que a minha vida. Pensava que não voltaria; isso me faria morrer. Como você me ama, quero viver. Vá descansar e tenha certeza de que será tão feliz quanto seu bom coração merece.

Bela ainda não tinha ouvido uma fala tão longa vinda da Fera. Não era eloquente, mas agradou-a pela gentileza e sinceridade que acreditou ter notado nela. Esperava ser repreendida, ou pelo menos receber alguma censura. Teve a partir disso uma opinião melhor a respeito de sua personalidade: não a achando mais tão estúpida, chegou até a ver suas respostas curtas como um traço de prudência; e, cada vez mais favorável a ela, retirou-se para seu aposento, com o espírito cheio dos mais ditosos pensamentos.

Extremamente cansada, encontrou ali todos os refrescos de que precisava. Seus olhos pesados lhe prometiam um sono doce; depois de dormir tão logo se deitou, seu querido desconhecido não deixou de se apresentar. E quantas coisas carinhosas disse a ela para expressar o prazer que tivera em vê-la novamente! Assegurou-lhe que ela seria feliz, que era apenas uma questão de seguir os movimentos ditados a ela pela bondade de seu coração. Bela perguntou se isso aconteceria pelo casamento com a Fera. O desconhecido respondeu que só havia esse caminho. Ela sentiu certo despeito, achou mesmo extraordinário que seu amante a aconselhasse a fazer seu rival feliz. Após esse primeiro sonho, acreditou ver a Fera morta a seus pés. Um momento depois, o desconhecido aparece e desaparece ao mesmo tempo, para deixar a Fera tomar seu lugar. O que ela mais distintamente observou foi a senhora, que parecia lhe dizer:

– Estou contente com você: siga sempre o movimento da sua razão e não se preocupe com nada, eu me encarrego de fazer você feliz.

Bela, embora adormecida, parecia descobrir sua inclinação pelo desconhecido e sua repugnância pelo monstro, que ela não achava agradável. A senhora sorria de seu escrúpulo e avisou-a para não se preocupar com sua ternura pelo desconhecido, pois os movimentos que ela sentia não eram de forma alguma incompatíveis com a intenção de fazer seu dever; que sem resistência ela podia segui-la, e que sua felicidade seria perfeita ao se casar com a Fera.

Esse sonho, que terminou junto com seu sono, foi para ela uma fonte inesgotável de reflexões. No último e nos outros, ela encontrou mais fundamento que os sonhos costumam ter; foi isso que a fez consentir com aquela estranha união. Mas a imagem do desconhecido vinha constantemente perturbá-la. Era o único obstáculo, e não era medíocre. Ainda incerta do que tinha de fazer, ela foi à ópera, sem que sua perturbação cessasse. Após o espetáculo, sentou-se à mesa; a chegada da Fera foi a única coisa capaz de levá-la a fazer isso.

Longe de repreendê-la por sua longa ausência, o monstro, como se o prazer de vê-la o tivesse feito esquecer seus problemas passados, parecia, ao entrar no aposento de Bela, não ter outra preocupação além de saber se ela havia se divertido, se fora bem recebida e se sua saúde tinha estado boa. Ela respondeu a essas perguntas e acrescentou educadamente que pagara caro por todas as amenidades de que desfrutara por seus cuidados, que elas haviam sido seguidas de punições cruéis pelo estado em que ela o encontrara.

A Fera agradeceu-lhe laconicamente, após o que, querendo se despedir, perguntou-lhe, como era de costume, se queria que dormisse com ela. Bela ficou durante algum tempo sem responder; mas finalmente tomando sua decisão, disse, tremendo:

– Sim, Fera, eu não me importo, desde que você me dê sua palavra e que receba a minha.

– Eu a dou a você – disse a Fera – e prometo que nunca terei outra esposa.

– E eu – Bela respondeu –, eu o recebo por meu esposo, e juro a você um amor terno e fiel.

Assim que ela pronunciou essas palavras, ouviu-se uma descarga de artilharia; e, para que não houvesse dúvida de que se tratava de um sinal de regozijo, ela viu das janelas o ar todo em fogo pela iluminação de mais de vinte mil fogos, que se renovaram durante três horas. Formavam corações entrelaçados: foguetes galantes representavam as figuras de Bela, e era possível ler em letras bem marcadas: VIVA BELA E SEU ESPOSO. Tendo esse espetáculo encantador durado o suficiente, a Fera comunicou a sua nova esposa que era hora de ir para a cama.

Ainda que um tanto inquieta por se encontrar junto desse singular esposo, ela se deitou. As luzes se apagaram de imediato. A Fera, aproximando-se, fez Bela temer que o peso de seu corpo fosse esmagar a cama. Mas ela ficou agradavelmente surpresa com a sensação de que o monstro se colocava ao seu lado tão levemente como ela acabara de fazer. Sua surpresa foi muito maior quando o ouviu roncar quase de imediato, e quando, por sua tranquilidade, ela teve uma prova certeira de que estava dormindo de forma profunda.

Apesar de seu espanto, acostumada como estava a coisas extraordinárias, depois de ter se dado alguns momentos para refletir, adormeceu tão tranquilamente quanto o esposo, sem duvidar de forma alguma que aquele sono fosse tão misterioso quanto tudo que acontecia naquele palácio. Ela mal tinha pegado no sono quando seu querido desconhecido veio visitá-la. Ele estava mais alegre e mais bem-vestido do que jamais estivera.

– Como sou grato a você, encantadora Bela – disse ele –, você me livra da assustadora prisão onde eu gemia há tanto tempo. Seu casamento com a Fera devolverá um rei para seus súditos, um filho para sua mãe e a vida para seu reino: todos ficaremos felizes.

Diante dessa fala, Bela sentiu um forte despeito, vendo que o desconhecido, longe de lhe demonstrar o desespero em que deveria lançá-lo o compromisso que ela acabara de assumir, fazia brilhar em seus olhos uma alegria desmedida. Ela ia lhe demonstrar seu desagrado, quando a senhora, por sua vez, apareceu-lhe em sonho.

– Eis você vitoriosa – ela lhe disse –, devemos tudo a você, Bela. Você preferiu a gratidão a qualquer outro sentimento. Não há ninguém que, como você, tenha tido a força para manter sua palavra à custa de sua satisfação, nem para expor a vida para salvar a do pai. Como recompensa, não há ninguém que possa esperar desfrutar de uma felicidade semelhante àquela a que sua virtude a conduziu. Você sabe agora apenas uma pequena parte, o retorno do sol vai lhe trazer mais informações a respeito.

Depois da senhora, Bela viu o rapaz novamente, mas estendido, como se estivesse morto. A noite toda, teve diferentes sonhos. Essas agitações eram agora familiares para ela, e de forma alguma a impediram de dormir por muito tempo. Quando acordou, o sol já ia alto no céu. Ele brilhava em seu quarto muito mais que o habitual, seus macacos não tinham fechado as janelas: foi isso que lhe deu a oportunidade de voltar seu olhar para a Fera. Tomando primeiro o espetáculo que ela via como uma sequência normal de seus sonhos, e pensando que ainda estava sonhando, sua alegria e surpresa foram extremas quando não teve mais razão para duvidar de que o que via fosse real.

À noite, ao ir se deitar, ela se colocara na beirada da cama, a fim de não ocupá-la demais, deixando espaço para seu amedrontador marido. Ele roncara de início, mas ela parou de ouvi-lo antes de adormecer. O silêncio que ele mantinha quando ela acordou a fez duvidar que estivesse a seu lado e imaginar que ele se levantara suavemente. Para saber a verdade, ela se virou da forma mais cautelosa possível, e ficou agradavelmente surpresa ao encontrar, em vez da Fera, seu querido desconhecido.

Aquele dorminhoco encantador parecia mil vezes mais bonito do que era durante a noite. Para ter certeza de que era o mesmo, ela se levantou e foi pegar no banheiro o retrato que normalmente usava no braço. Mas não podia deixar de reconhecê-lo. Ocupada com a maravilha daquela sonolência, falou com ele na esperança de acabar com aquilo. Como ele não despertou com o som de sua voz, ela puxou-o pelo braço. Essa segunda tentativa também foi inútil e serviu apenas para dar a conhecer que ali havia um encantamento: o que a fez se decidir por deixar passar aquele encanto, que presumivelmente tinha de ter um fim programado.

Como estava sozinha, ela não temia escandalizar ninguém pelas liberdades que podia tomar com ele; além disso, ele era seu esposo. Foi por isso que, dando rédea solta a sentimentos ternos, beijou-o mil vezes, e então decidiu esperar pacientemente pelo fim daquele tipo de letargia. Como se sentia satisfeita por estar unida ao único que a obrigara a hesitar, e a ter feito por dever o que teria desejado fazer por gosto! Não duvidava mais da felicidade que lhe fora prometida em seus sonhos.

Foi quando soube que a senhora estava lhe dizendo a verdade, que não seria incompatível ter, ao mesmo tempo, amor pela Fera e por seu desconhecido, já que os dois eram apenas um.

No entanto, seu esposo não despertava. Depois de comer alguma coisa, ela tentou se distrair com suas ocupações habituais; mas elas lhe pareceram insípidas. Incapaz de sair do quarto, para não ficar ali ociosa, ela escolheu uma música e começou a cantar. Seus pássaros, ao ouvi-la, fizeram um concerto ainda mais encantador pelo fato de Bela esperar que ele fosse interrompido pelo despertar do esposo, já que ela se sentiria orgulhosa de destruir o encantamento pela harmonia de sua voz.

Ele de fato acordou, mas não da maneira que ela esperara. Bela ouviu o som inusitado de uma carruagem rodando sob as janelas de seu aposento e a voz de pessoas que se aproximavam de seu quarto. No mesmo momento, o macaco capitão dos guardas, por meio do bico de seu papagaio, anunciou-lhe as senhoras. Olhando pela janela, Bela viu a carruagem que as tinha trazido. Era de um tipo totalmente novo e com uma beleza incomparável. Quatro cervos brancos, com seus chifres e cascos dourados soberbamente arreados, puxavam a carruagem, cuja singularidade fez aumentar o desejo que ela teve de conhecer aqueles a quem ela pertencia.

Pelo barulho que aumentava, ela sabia que aquelas senhoras se aproximavam e que deviam estar perto da antecâmara. Sentiu-se obrigada a ir ao seu encontro. Reconheceu em uma delas a senhora que estava acostumada a ver em sonho. A outra não era menos bonita; seu rosto esguio e distinto era suficiente para indicar que se tratava de uma pessoa ilustre. Aquela desconhecida já passara da sua primeira juventude, mas tinha uma expressão tão majestosa que Bela não sabia a quem endereçar seu cumprimento.

Ela estava nesse constrangimento quando aquela que ela já conhecia e que parecia ter alguma superioridade sobre a outra, dirigindo-se a sua companheira, disse-lhe:

– Então, rainha, o que acha dessa linda jovem? A senhora deve a ela o retorno de seu filho à vida, pois concordará que a maneira deplorável pela qual ele a desfrutava não pode ser chamada de vida. Sem ela, a senhora nunca mais teria visto esse príncipe, e ele teria permanecido sob a horrível figura em que havia sido transformado, se não houvesse no mundo uma pessoa única de quem a virtude e a coragem igualam a beleza. Acredito que a senhora verá com prazer esse filho, que ela lhe devolve, tornar-ser seu amor. Eles se amam e, para sua perfeita felicidade, só falta agora seu consentimento. A senhora o recusaria a eles?

A rainha, diante dessas palavras, abraçando ternamente Bela, exclamou:

– Longe de negar meu consentimento, coloco nisso minha felicidade soberana... Jovem encantadora e virtuosa, a quem devo tantas obrigações, me diga quem você é, o nome dos soberanos que são felizes o suficiente por terem dado à luz uma princesa tão perfeita.

– Senhora – respondeu Bela, modestamente –, há muito tempo não tenho mãe. Meu pai é um comerciante mais conhecido no mundo por sua boa-fé e seus infortúnios que por seu nascimento...

Diante dessa declaração sincera, a rainha, surpresa, deu dois passos para trás e disse:

– O quê!? Você não passa da filha de um comerciante! Ah, grande fada – ela acrescentou, olhando para ela mortificada. Ela ficou em silêncio depois dessas poucas palavras; mas sua expressão dizia o suficiente sobre o que pensava, e seu descontentamento estava nítido em seus olhos.

– Parece-me – disse a fada em tom orgulhoso – que não está feliz com a minha escolha. A condição dessa jovem estimula seu desprezo. Ela foi, no entanto, a única no mundo capaz de cumprir o meu projeto, e de fazer seu filho feliz...

– Estou muito grata – respondeu a rainha. – Mas, inteligência poderosa – acrescentou ela –, não posso deixar de representar para você a estranha união do mais belo sangue do mundo, de que meu filho provém, com o sangue obscuro do qual surge a pessoa a quem deseja uni-lo. Confesso-lhe que estou pouco contente com a pretensa felicidade desse príncipe, se for necessário comprá-la com uma aliança tão vergonhosa para nós e tão indigna dele. Seria impossível que houvesse no mundo uma pessoa da qual a virtude fosse igual ao nascimento? Sei o nome de tantas princesas notáveis, por que não me seria permitido orgulhar-me de vê-lo senhor de uma delas?

Enquanto elas estavam nesse local, o belo desconhecido apareceu. A chegada da mãe e da fada o havia despertado, e o barulho que tinham feito foi mais eficaz que qualquer um dos esforços de Bela, a ordem do feitiço querendo assim. A rainha o abraçou por um longo tempo sem proferir uma palavra. Ela encontrava um filho cujas belas qualidades o tornavam digno de sua ternura. Que alegria para esse príncipe ser libertado de uma figura assustadora, e de uma estupidez ainda mais dolorosa por ser fingida e por não ter embotado sua razão! Ele recuperava a liberdade de aparecer em sua forma comum pelo objeto de seu amor, o que a tornava ainda mais preciosa para ele.

Depois das primeiras demonstrações em direção a sua mãe que o sangue acabava de lhe inspirar, o príncipe as interrompeu para obedecer ao dever e à gratidão que o impeliam a agradecer à fada. Fez isso nos termos mais respeitosos e mais breves, a fim de ter a liberdade de voltar sua ansiedade em direção a Bela.

Ele já tinha dado a conhecer a ela por seus olhares carinhosos e, para confirmar o que seus olhos haviam dito, ia acrescentar os termos mais tocantes, quando a fada o deteve e lhe disse que ela o tomava como juiz entre sua mãe e ela.

– Sua mãe – disse ela – condena o noivado que contraiu com Bela; ela acha que o nascimento dessa moça é indigno do seu; quanto a mim, acredito que as virtudes dela fazem a desigualdade desaparecer. Cabe a você, príncipe, decidir qual de nós pensa de acordo com seu gosto. Para que tenha total liberdade de nos revelar seus verdadeiros sentimentos, declaro que não lhe é permitido se constranger. Mesmo que tenha dado sua palavra a essa pessoa gentil, você pode voltar atrás. Sou a garantia de que Bela a devolverá a você sem nenhuma dificuldade, embora, pela bondade dela, você tenha retomado sua forma natural; asseguro-lhe também que a generosidade dela a fará levar seu desinteresse até o ponto de deixar a você a liberdade de dispor de sua mão em favor da pessoa a quem a rainha o aconselhar a dá-la... O que diz sobre isso, Bela – continuou a fada, virando-se para ela –, estou enganada ao explicar seus sentimentos? Você gostaria de ter um marido que lamentasse sê-lo?

– Não, seguramente, senhora – respondeu Bela –, o príncipe é livre; renuncio à honra de ser sua esposa. Quando aceitei sua palavra, pensei em conceder a graça a alguma coisa abaixo do homem; só me comprometi com ele com o objetivo de lhe prestar um favor especial; a ambição não fez parte de minhas intenções. Então, grande fada, eu lhe imploro que nada exija da rainha em uma situação em que não posso culpar sua delicadeza.

– Bem, rainha, o que diz sobre isso? – falou a fada com um tom desdenhoso e ferido. – Acha que as princesas que o são apenas por capricho da fortuna merecem mais que essa jovem o alto posto em que o destino as colocou? Quanto a mim, considero que ela não deveria ser responsável por uma origem que sua virtude aumenta suficientemente.

A rainha respondeu de forma um tanto confusa:

– Bela é incomparável, seu mérito é infinito, nada está acima dele; mas, senhora, não podemos encontrar outros meios de recompensá-la? Não posso fazer isso sem lhe sacrificar a mão do meu filho? – E, em seguida, voltando-se para Bela: – Sim, eu lhe devo tanto que não posso reconhecer; não coloco limites em seus desejos. Deseje corajosamente, eu lhe concederei tudo, fora esse único ponto, mas a diferença não será grande para você. Escolha um esposo na minha corte. Seja qual for o grande senhor que ele possa ser, ele terá razão para se achar feliz e, em consideração a você, eu o colocarei tão perto do trono que haverá pouca diferença.

– Eu lhe agradeço – replicou Bela – e não tenho recompensa alguma a exigir da senhora. Sinto-me muito bem paga pelo prazer de ter posto fim ao encantamento que roubava um grande príncipe de sua mãe e de seu reino. Minha felicidade seria perfeita se fosse para meu soberano que eu tivesse prestado esse serviço. Tudo que quero é que a fada se digne a me enviar para junto de meu pai.

O príncipe, que, por ordem da fada, guardara seu silêncio durante todos esses discursos, não teve condições de mantê-lo por mais tempo, e seu respeito por ordens tão deploráveis não foi mais capaz de contê-lo. Ele se atirou aos pés da fada e de sua mãe; implorou-lhes com a mais ardente insistência que não o tornassem mais infeliz do que era, afastando Bela e privando-o da felicidade de ser seu esposo.

Diante dessas palavras, Bela, olhando para ele com um ar de ternura, mas acompanhado de um nobre orgulho, lhe disse:

– Príncipe, não posso esconder os sentimentos que tenho por você. O fim do encantamento a que estava submetido é prova disso e meu desejo de disfarçá-los seria em vão. Admito, sem me envergonhar, que o amo mais que a mim mesma. Por que iria esconder isso? Devemos repudiar apenas as atitudes criminosas. As minhas são cheias de inocência e são autorizadas pelo consentimento da fada generosa a quem você e eu tanto devemos. Mas se pude tomar a atitude de desistir deles quando pensei que meu dever me ordenava sacrificá-los à Fera, você deve estar convencido de que não irei me desmentir nesta ocasião, em que não se trata mais do interesse de um monstro, mas do seu. Basta-me saber quem você é e quem eu sou para renunciar à glória de ser sua esposa. Até me atrevo a dizer que se, vencida por suas orações, ela lhe concedesse o consentimento que deseja, ela não faria nada por você, pois na minha razão e em meu próprio amor, você encontraria um obstáculo intransponível. Repito, só peço como grande favor que eu possa voltar ao convívio de minha família, onde vou preservar uma lembrança eterna de sua bondade e de seu amor.

– Fada generosa – exclamou o príncipe, apertando as mãos de maneira suplicante –, por misericórdia, impeça Bela de ir embora e me devolva minha figura monstruosa. Nessa condição, permanecerei sendo seu esposo; ela deu sua palavra para a Fera, e eu prefiro essa vantagem a todas aquelas que ela me proporciona, se eu não puder desfrutar delas sem pagar tão caro.

A fada nada respondia. Olhava fixamente para a rainha, que se mostrava impressionada com tantas virtudes, mas cujo orgulho não estava abalado. A dor de seu filho a afligia, sem poder esquecer que Bela era filha de um comerciante e nada mais. No entanto, ela percebia a ira da fada, de quem a expressão e o silêncio marcavam bastante sua indignação. Seu embaraço era extremo. Sem forças para dizer uma palavra, temia que acabasse de forma ruim uma conversa em razão da qual a inteligência protetora estava ofendida. Ninguém falou por alguns momentos, mas a fada finalmente quebrou o silêncio e, lançando um olhar afetuoso para os amantes, lhes disse:

– Acho vocês dignos um do outro. Seria impossível, sem crime, pensar em separar tanto mérito. Vocês permanecerão unidos, eu lhes prometo, tenho poder suficiente para garantir isso.

A rainha estremeceu diante dessas palavras; ela teria aberto a boca para fazer algumas colocações, mas a fada a impediu dizendo:

– Para a senhora, rainha, o pouco caso que faz de uma virtude despida dos vãos ornamentos, que são a única coisa com que se importa, me autorizaria a lhe fazer amargas censuras. Mas perdoo essa falta atribuindo-a ao orgulho que a inspira na posição que ocupa, e não vou me vingar de outra forma além dessa que tiro da pequena violência que lhe faço, pela qual não passará muito tempo para que venha me agradecer.

Com essas palavras, Bela beijou os joelhos da fada e exclamou:

– Ah, não me exponha à dor de ter de ouvir a vida inteira que não sou digna da posição à qual sua bondade quer me elevar. Pense que o príncipe, que agora acredita que a sua felicidade consiste no presente da minha mão, muito em breve poderá pensar como a rainha.

– Não, não, Bela, não tenha medo – disse a fada. – Os infortúnios que você prevê não podem acontecer. Conheço uma maneira segura de preservá-la disso e, se o príncipe fosse capaz de desprezá-la depois de havê-la desposado, ele teria de arrumar outra desculpa que não a diferença de condição social. Seu nascimento não é inferior ao dele: nesse quesito, por sinal, a vantagem a seu favor é bastante notável, já que é verdade – disse ela orgulhosamente para a rainha – que ela é sua sobrinha; e o que deve torná-la respeitável é o fato de ela ser também minha, sendo filha de minha irmã, que, como a senhora, não era escrava de uma dignidade da qual a virtude é o principal brilho. Essa fada, sabendo reconhecer o verdadeiro mérito, fez a honra ao rei da Ilha Feliz, seu irmão, de se casar com ele. Eu preservei o fruto de seus amores da fúria de uma fada que queria ser sua madrasta. Desde que ela nasceu, eu a destinei a se casar com seu filho: eu queria, ao esconder o efeito da minha boa vontade, dar a sua confiança o tempo de se manifestar. Tinha alguns motivos para acreditar que iria confiar mais em mim. A senhora poderia ter recorrido a mim para cuidar do destino do príncipe. Dei-lhe mostras suficientes do meu interesse, e a senhora não deveria ficar com medo de que eu o expusesse a nada vergonhoso para a senhora ou para ele. Estou convencida – prosseguiu ela, com um sorriso que continuava a denotar algo amargo – que a senhora não vai levar ainda mais longe o desdém e que nos honrará com sua aliança.

A rainha, acuada e confusa, não sabia o que responder. A única maneira de reparar seu erro foi fazer uma confissão sincera e manifestar um arrependimento verdadeiro.

– Sou culpada, generosa fada – disse ela –, sua bondade comigo deveria me servir de garantia sólida de que não permitiria que meu filho fizesse uma aliança que viesse a desonrá-lo; mas, por misericórdia, perdoe os preconceitos de um nascimento ilustre; eles me diziam que o sangue real não poderia ser misturado sem vergonha. Eu mereceria, confesso, que para me punir você desse a Bela uma sogra mais digna dela; mas você tem um interesse muito generoso em meu filho para torná-lo vítima da minha culpa. – Quanto a você, querida Bela – ela continuou, beijando-a carinhosamente –, não deve me desprezar por minha resistência. Ela só foi causada pelo desejo de dar meu filho a minha sobrinha, a quem a fada me assegurou que estava viva, apesar das aparências em contrário. Ela me pintou um quadro tão encantador da jovem que, sem conhecer você eu já amava essa moça com ternura suficiente para me expor à indignação da inteligência, a fim de lhe reservar o trono e o coração de meu filho.

Dizendo isso, ela começou a novamente a lhe fazer afagos, os quais Bela recebeu com respeito. O príncipe, a seu lado, encantado com aquela ótima notícia, expressou sua alegria por meio do olhar.

– Estamos todos contentes – disse a fada –, e, para terminar esta feliz aventura, precisamos apenas do consentimento do rei, pai da princesa, mas logo o veremos.

Bela implorou à fada que permitisse ao homem que a criara, a quem ela pensara dever sua vida, participar de sua felicidade.

– Aprecio sua preocupação – disse a fada –, ela é digna de uma alma bonita, e, se você assim o quer, comprometo-me a mandar avisá-lo.

Então, tomando a rainha pela mão, ela a levou sob o pretexto de mostrar-lhe o palácio encantado; era para dar aos novos cônjuges a liberdade de conversar pela primeira vez sem restrições e sem a ajuda da ilusão. Eles quiseram segui-las, mas ela os proibiu. A felicidade que iam desfrutar os preenchia com igual alegria, eles não podiam duvidar de sua ternura mútua.

A conversa confusa e sem continuidade, os votos renovados cem vezes eram para eles uma prova mais confiável do que teria sido um discurso cheio de eloquência. Depois de ter esgotado o que o amor faz dizer em tais ocasiões para pessoas cujo coração é perfeitamente tocado, Bela perguntou a seu amante por que desgraça ele tinha sido transformado de forma tão cruel em uma Fera. Implorou a ele que lhe falasse de todos os eventos que haviam precedido sua atroz metamorfose. O príncipe, que, mesmo tendo mudado de figura, nem por isso tinha menos empenho em obedecê-la, contou-lhe tudo prontamente.

Segunda Parte

O rei, meu pai, morreu antes de eu vir ao mundo. A rainha não teria se consolado de sua perda se o interesse da criança que levava em seu ventre não tivesse combatido sua dor. Meu nascimento lhe causou extrema alegria. Foi para a tarefa de criar o fruto do amor de um esposo tão intensamente amado que a felicidade de dissipar sua aflição estava reservada.

O cuidado com minha educação e o medo de me perder a ocuparam por completo. Ela era apoiada em seus propósitos por uma fada, a qual lhe demonstrou não ter nada além da vontade de me preservar de todos os tipos de acidente. A rainha era infinitamente grata a ela; mas a fada não ficou feliz quando a rainha lhe pediu que me aceitasse de volta. Essa inteligência não tinha reputação de ser boa; era tida como caprichosa em seus favores, mais temida que amada. E, ainda que estivesse convencida da bondade de seu caráter, minha mãe não teria aceitado perder-me de vista.

No entanto, aconselhada por pessoas prudentes, por medo de experimentar os efeitos fatais do ressentimento da fada vingativa, a rainha não a dispensou por completo. Entregando-me voluntariamente à fada, não achava que esta pudesse me fazer mal. A experiência tornara claro que ela gostava de prejudicar somente aqueles por quem se considerava ofendida. A rainha concordou, e apenas lamentava o fato de se ver privada do prazer de me olhar continuamente com seus olhos de mãe, que a faziam descobrir em mim graças que eu devia apenas à sua bondade.

Ela ainda estava indecisa com o que tinha a fazer, quando um vizinho poderoso achou que seria fácil conquistar terras governadas por uma mulher. Ele havia entrado no meu reino com uma tropa formidável. A rainha apressou-se em formar um exército e, com uma coragem notável para alguém do seu sexo, colocou-se à frente de seus homens e foi defender nossas fronteiras. Foi então que, obrigada a me deixar, não viu outra opção a não ser confiar à fada o cuidado da minha educação. Fui entregue depois que ela jurou, pelo que tinha de mais sagrado, que sem nenhuma dificuldade me levaria de volta à corte assim que a guerra acabasse, guerra esta que minha mãe esperava ver terminada em um ano, no mais tardar. Mas, apesar de todos os triunfos que obteve, não foi possível para ela rever nossa capital em pouco tempo. Para aproveitar sua vitória, depois de expulsar o inimigo de nossas terras, ela o perseguiu em seus domínios.

Tomou-lhe províncias inteiras, venceu batalhas e, por fim, obrigou-o a pedir uma paz vergonhosa, que ele só obteve sob condições muito duras. Depois desses felizes sucessos, a rainha partiu triunfante e experimentou com antecedência o prazer de me ver de novo. Mas, ainda na estrada, soube que, ao contrário do que fora estabelecido nos tratados, o inimigo indigno mandara degolar nossas guarnições e havia retomado quase todos os lugares que fora obrigado a ceder; assim, ela se viu forçada a voltar sobre seus passos. A honra teve precedência sobre seu desejo de se juntar a mim, e ela tomou a firme resolução de só acabar com a guerra quando tivesse colocado o inimigo numa condição de não mais cometer novas traições.

O tempo que passou nessa segunda expedição foi bastante considerável. Ela achava que duas ou três campanhas fossem suficientes, mas teve de lutar contra um oponente tão hábil quanto desonesto. Ele foi capaz de criar revoltas em províncias ou de fazer batalhões inteiros desertarem, o que obrigou a rainha a não se afastar de seu exército durante quinze anos. Ela não pensava em me chamar para perto de si, considerava sempre que estava em seu último mês de ausência e prestes a me ver novamente.

Por sua vez, a fada, de acordo com a palavra dada, tinha se empenhado por completo na minha educação. Desde o dia em que me trouxera de volta ao meu reino, ela permanecera comigo e constantemente me dera provas de sua atenção em questões relativas à minha saúde e aos meus prazeres. De minha parte, demonstrei a ela quanto era sensível à sua gentileza; eu tinha em relação a ela a mesma visão e o mesmo respeito que sentia por minha mãe, e a gratidão me inspirava sentimentos ternos para com ela.

Por algum tempo, ela pareceu satisfeita com isso. Contudo, fez uma viagem de alguns anos, da qual não me comunicou de forma alguma o motivo, e, ao voltar, admirando o efeito de seus cuidados para comigo, desenvolveu por mim uma ternura diferente da de uma mãe. Ela havia me permitido chamá-la assim, mas depois me proibiu de fazê-lo. Obedeci sem tentar saber as razões que ela poderia ter para isso e sem suspeitar do que ela exigia de mim.

Eu via que ela não estava feliz: mas como poderia imaginar o motivo das queixas que ela constantemente fazia sobre minha ingratidão? Fiquei ainda mais surpreso com suas reprovações por não achar que as merecesse. Elas eram sempre seguidas ou precedidas pelas carícias mais ternas. Eu tinha muito pouca experiência para entendê-las. Ela precisou explicar: num dia em que lhe demonstrei uma tristeza misturada com impaciência, referindo-me à demora da rainha, ela me repreendeu. E, quando lhe assegurei que meu afeto por minha mãe não alterava de modo algum o carinho que eu lhe devia, ela respondeu que não estava com ciúme, embora tivesse feito muito por mim e resolvido fazer ainda mais. Porém, acrescentou que, para dar livre curso aos projetos que formava em meu favor, eu teria de me casar com ela; que não queria ser amada por mim como mãe, mas como amante; que não duvidava que eu receberia sua proposta com gratidão e que teria muito prazer em aceitá-la; que, portanto, tratava-se apenas de abandonar-me ao prazer vindo da certeza de me unir a uma fada tão poderosa, que iria me proteger de todos os perigos e me daria uma vida cheia de encantos e plena de glória.

Diante dessa proposta, fiquei embaraçado. Criado em minha própria terra, eu conhecia o mundo bem o suficiente para ter observado que, entre as pessoas casadas, havia muitas felizes pela conformidade da idade e de humor, e outras que tinham muito a reclamar porque essas circunstâncias diferentes haviam estabelecido entre elas uma antipatia que poderia se transformar em um suplício.

A velha fada, feia e arrogante, não me fazia esperar um destino tão agradável quanto me prometia. Eu estava longe de sentir por ela o que é preciso sentir por alguém com quem se quer aproveitar agradavelmente a vida. Por ser ainda muito jovem, não queria me comprometer. Não tinha outros anseios senão ver a rainha novamente e me colocar à frente de seus exércitos. Suspirava pela minha liberdade: a única coisa que poderia me fazer feliz, a única que ela me recusava.

Muitas vezes, implorei-lhe que me permitisse ir compartilhar os perigos que a rainha devia enfrentar para defender meus interesses, mas meus pedidos até então tinham sido inúteis. Pressionado a responder à declaração surpreendente que me fez, fiquei envergonhado e lembrei-lhe que muitas vezes ela me dissera que eu não tinha permissão para dispor de mim mesmo sem as ordens de minha mãe e durante sua ausência.

– É como entendo – ela continuou –, não gostaria de forçá-lo a agir de outra forma: basta que fale disso à rainha.

Eu já lhe disse, linda princesa, que não havia conseguido obter dessa fada a liberdade de encontrar a rainha minha mãe. Seu desejo de ter o consentimento dela, que esperava conseguir, obrigou-a a me conceder, sem que eu nem precisasse lhe pedir, algo que sempre me recusara, porém colocando uma condição que não me agradou: ela iria me acompanhar. Fiz o que pude para que mudasse de ideia, mas foi impossível, e partimos, seguidos de numerosa escolta.

Chegamos no dia anterior a uma situação decisiva. A rainha encaminhara as coisas de tal forma que o dia seguinte deveria determinar o destino do inimigo, que não teria mais recursos se perdesse a batalha. Minha presença, ao provocar extremo prazer no acampamento, só fez aumentar a coragem das tropas, que viram em minha chegada um presságio favorável à vitória. A rainha pensou que ia morrer de alegria. Mas, depois desse primeiro ímpeto, o prazer que isso lhe causara deu lugar a uma grande preocupação. Enquanto me empolgava com a doce esperança de conquistar a glória, a rainha estremecia ao ver o perigo a que eu estava prestes a me expor. Muito generosa para querer me afastar, ela me pediu, em nome de toda a sua ternura, que me poupasse tanto quanto a honra pudesse permitir. Implorou à fada que não me abandonasse naquela ocasião. Suas solicitações não eram necessárias: a inteligência, muito suscetível, temia tanto quanto a rainha, porque não detinha nenhum sortilégio capaz de me preservar dos acasos da guerra. De resto, inspirando-me como num passe de mágica a arte de comandar um exército e a prudência adequada para uma empreitada tão grande, ela fez muito. Os líderes mais experientes me admiraram. Tendo me tornado mestre do campo de batalha, a vitória foi completa; tive a felicidade de salvar a vida da rainha e impedir que ela fosse feita prisioneira de guerra. Os inimigos foram perseguidos com tanto vigor que abandonaram seu acampamento, ficaram sem seus pertences e destituídos de mais de três quartos de seu exército, enquanto nós havíamos sofrido apenas uma perda muito insignificante.

Uma ligeira ferida que recebi foi a única vantagem de que o inimigo pôde se gabar. Mas esse evento fez a rainha temer que, se a guerra continuasse, infortúnios maiores poderiam se abater sobre mim. Assim, apesar dos desejos de todo o exército, de quem minha presença redobrara o orgulho, ela fez as pazes em condições mais vantajosas para os vencidos do que eles teriam ousado esperar.

Pouco depois, retomamos o caminho para a capital, onde entramos em triunfo. As ocupações da guerra e a constante presença de minha velha adoradora tinham me impedido de falar à rainha sobre aquele incidente. Ela ficou completamente surpresa quando a megera lhe disse sem rodeios que estava determinada a se casar o quanto antes comigo. A declaração foi feita neste mesmo palácio, não tão imponente como é hoje. Era a residência de férias do falecido rei, que, envolvido com suas mil ocupações, não pudera se dedicar a embelezá-la. Minha mãe, por se apegar às coisas de que ele tinha gostado, escolheu-o para nele relaxar dos esforços da guerra.

Ao ouvir a declaração da fada, incapaz de manter o autocontrole diante desse primeiro impulso e sem conhecer a arte de fingir, a minha mãe exclamou:

– Parou para pensar, senhora, na estranha união que me propõe?

É verdade que era impossível encontrar algo de mais ridículo. Além da velhice quase decrépita da fada, ela era feia de matar. Não tinham sido os anos que a haviam tornado feia, pois, se ela tivesse tido beleza na juventude, poderia tê-la preservado com a ajuda de sua arte; mas, sendo naturalmente feia, seu poder não era suficiente para lhe conferir belezas artificiais por mais de um dia a cada ano; e, passado esse dia, ela retornava ao seu primeiro estado.

A fada ficou surpresa com a declaração da rainha. Sua autoestima escondia dela tudo o que tinha de assustador, e ela contava que seus poderes deveriam suprir os atrativos de que era destituída.

– O que quer dizer – falou ela à rainha – com "estranha união"? Pense que é imprudente me fazer lembrar disso quando me digno a esquecer. A senhora deve apenas ficar feliz por ter um filho tão amável a ponto de os méritos dele me fazerem preferi-lo aos gênios mais poderosos de todos os elementos; e, desde que me digno a humilhar-me diante dele, receba com respeito a honra que tenho a bondade de lhe fazer, sem me dar tempo de me desdizer.

A rainha, tão orgulhosa quanto a fada, nunca entendera que havia um posto acima do trono. Ela pouco se importava com a pretensa honra que a inteligência lhe oferecia. Tendo sempre comandado o que a rodeava, não aspirava à vantagem de ter uma nora a quem teria de se curvar. Assim, longe de responder, ela permaneceu imóvel e se contentou em fixar o olhar em mim. Eu estava tão surpreso quanto ela, e, olhando para a rainha do mesmo jeito que me olhava, não foi difícil para a fada saber que nosso silêncio expressava ingenuamente sentimentos muito contrários à alegria que ela queria nos inspirar.

– O que significa isso que estou vendo? – disse com amargura. – Como é possível que mãe e filho não digam nada? Será que essa surpresa agradável lhes tirou o dom da voz, ou seriam tão cegos e corajosos o suficiente para não aceitar minhas ofertas? Fale, príncipe – disse –, você será tão ingrato e imprudente a ponto de desprezar minha bondade? Não concorda desde este momento em me dar sua mão?

– Não, senhora, eu lhe asseguro – continuei apressadamente. – Embora eu tenha uma sincera gratidão pelo que lhe devo, não consigo aceitar a ideia de retribuí-la com esse destino, e, com a permissão da rainha, não quero perder minha liberdade tão cedo. Dê-me todos os outros meios de reconhecer sua bondade; não considerarei nenhum impossível. Mas, para o que propõe, por favor me dispense de empregá-lo porque...

– Como, criatura insignificante – ela interrompeu furiosamente –, você se atreve a resistir a mim? E a senhora, rainha estúpida, vê sem indignação tal orgulho! Que estou dizendo? Sem indignação... é a senhora quem o autoriza, pois é dos seus olhares insolentes que ele extrai a audácia de sua resposta.

A rainha, já irritada pelas expressões de desprezo que a fada usara, não foi mais capaz de se conter e, lançando um olhar ao acaso para um espelho que estava diante de nós no momento em que aquela fada perversa novamente a pressionava, falou:

– O que posso lhe dizer que você não seja capaz de perceber por si mesma? Portanto, faça-me a gentileza de considerar sem preconceito o que esse espelho lhe mostra, ele lhe responderá por mim.

A fada entendeu facilmente o que a rainha queria dizer.

– Então, é a beleza desse precioso filho que o faz tão vaidoso – disse ela –, e é isso que me expõe a uma recusa vergonhosa; pareço ser indigna dele. Bem – continuou, levantando a voz em um tom furioso –, depois de ter me empenhado o máximo possível para fazê-lo tão encantador, é preciso que eu coroe minha obra e ofereça a vocês dois um material tão novo quanto sensível para que se lembrem do que me devem. Que seja, infeliz! – ela me disse. – Orgulhe-se de ter recusado a mim seu coração e sua mão, sacrifique-o àquela que achar mais digna que eu.

Ao pronunciar essas palavras, minha terrível amante me deu um golpe na cabeça. Tão forte que caí de bruços e me senti oprimido pela queda de uma montanha. Enfurecido por esse insulto, desejei me levantar, mas me foi impossível: o peso do meu corpo era tão grande que me impediu; tudo que pude fazer foi me sustentar em minhas mãos, que instantaneamente haviam se transformado em horríveis patas, cuja visão me fez perceber minha mudança; era o mesmo aspecto com o qual você me conheceu. Imediatamente, concentrei meu olhar no espelho fatal e não mais me foi permitido duvidar de minha cruel e súbita metamorfose.

A dor que senti me deixou imóvel; a rainha, diante daquele trágico espetáculo, ficou fora de si. Para colocar o último selo em sua barbárie, a fada furiosa me disse com ar zombeteiro:

– Vá fazer conquistas ilustres e mais dignas de você que uma fada augusta. E, já que não precisamos de uma mente quando somos tão bonitos, ordeno que pareça tão estúpido quanto terrível, e que espere nesse estado, para retomar sua primeira forma, que uma garota linda e jovem voluntariamente venha encontrá-lo, mesmo estando convencida de que você irá devorá-la. Também é necessário – ela continuou – que, quando não mais temer pela própria vida, ela desenvolva por você um carinho suficiente para lhe propor que a tome por esposa. Até que conheça essa pessoa rara, quero que seja capaz de causar horror a você mesmo e a todos os que o virem... Para a senhora, mãe feliz demais de um filho tão amável – disse ela à rainha –, aviso que, se contar a alguém que esse monstro é seu filho, ele nunca mudará de figura. É sem a ajuda do interesse, da ambição e dos encantos de sua mente que ele deve se transformar. Adeus, não seja impaciente, a senhora não esperará por muito tempo. Ele é gracioso o suficiente para encontrar em breve uma cura para seus males.

– Ah, cruel! – gritou a rainha –, se a minha recusa a ofendeu, vingue-se de mim. Leve minha vida, mas não destrua sua obra, eu a conjuro...

– Não acha, grande princesa – disse a fada ironicamente –, que se rebaixa demais? Não sou bonita o suficiente para que se digne a falar comigo; mas sou firme em meus desejos. Adeus, rainha poderosa, adeus, belo príncipe, não é justo cansá-los mais com minha odiosa presença. Eu me retiro, mas ainda tenho a caridade de avisá-lo – disse voltando-se para mim – que deve esquecer quem é. Se você se deixar lisonjear por vãs expressões de respeito ou por títulos faustosos, ficará perdido sem recursos e mais ainda se usar sua inteligência para se mostrar interessante ao conversar.

Depois dessas palavras, ela desapareceu e nos deixou, a rainha e eu, em um estado que não pode ser descrito nem imaginado. Lamentações são o consolo dos desafortunados; para nós, era de pouca valia. Minha mãe decidiu se esfaquear, enquanto eu queria correr para me jogar no canal vizinho; íamos os dois, sem comunicar um ao outro, executar um plano muito funesto. Mas uma pessoa de estatura majestosa, e cujo ar inspirava profundo respeito, veio anunciar para nós que há covardia em sucumbir aos maiores acidentes e que, com tempo e coragem, não há infortúnio que não se possa vencer. A rainha, porém, estava inconsolável, seus olhos derramavam lágrimas abundantes e, sem saber como comunicar a seus súditos que seu soberano fora transformado em uma Fera horrível, não tinha outro recurso senão se entregar a um terrível desespero. Essa outra fada (pois se tratava de uma, a mesma que você viu aqui), conhecendo sua dor e seu embaraço, lembrou a rainha da obrigação da qual não podia se furtar, que era esconder de seu povo aquela aventura assustadora; ela chamou sua atenção para o fato de que, em vez de se entregar ao desespero, era melhor procurar um remédio para seus males.

– Existe alguém – gritou a rainha – poderoso o suficiente para impedir que os desejos de uma fada sejam executados?

– Sim, senhora – disse a fada –, existem remédios para tudo. Eu sou fada, como aquela de quem a senhora acabou de experimentar a fúria; não tenho menos poder; é verdade que não posso reparar de imediato o mal que ela lhe fez, pois não é permitido que nos coloquemos diretamente contra a vontade umas das outras. Aquela que causa seu infortúnio viveu mais que eu; entre nós, a antiguidade é um título respeitável. Como ela não pôde deixar de colocar uma condição que fosse capaz de pôr fim ao feitiço fatal, eu os servirei aqui. Afirmo que é difícil terminar esse encantamento, mas a coisa não me parece impossível; consagrando a isso todo o meu cuidado, vejamos o que posso fazer por vocês.

Depois, tirou um livro do vestido e, após dar alguns passos misteriosos, sentou-se à mesa e leu por um tempo considerável, com uma dedicação que a fez suar. Então, fechou o livro e entrou num transe profundo. Tinha um ar tão sério que nos deu motivos para acreditar, por algum tempo, que meu infortúnio era irreparável. Mas, voltando do seu êxtase, e com seu semblante retomando a beleza natural, ela nos informou que tinha um remédio para nossos males.

– Vai ser lento – ela me disse –, mas dará certo. Guarde seu segredo, que ele não transpire e que ninguém saiba que está oculto sob esse horrível disfarce, porque me privaria do poder de libertá-lo dele. Sua inimiga aposta que você o divulgará, e foi por isso que não lhe tirou o dom da palavra.

A rainha achou essa condição impossível, porque duas de suas aias tinham estado presentes naquela aventura fatal, e haviam saído completamente amedrontadas, o que não deixaria de excitar a curiosidade dos guardas e dos cortesãos. Imaginou que toda a sua corte estava informada disso, e que seu reino e até mesmo todo o universo logo ficariam sabendo; mas a fada conhecia uma maneira de evitar que o mistério se espalhasse. Fez então alguns volteios, ora seriamente, ora de forma precipitada; acrescentou àquilo palavras que não entendemos e, por fim, levantou a mão como uma pessoa que comanda com poder absoluto. Esse gesto, somado àquilo que ela pronunciara, foi tão poderoso que todos os que respiravam no castelo ficaram imóveis e foram transformados em estátuas. Eles ainda estão no mesmo estado. São as figuras que você vê em diferentes lugares e nas mesmas atitudes em que as ordens urgentes da fada os surpreenderam.

A rainha, que nesse momento dirigiu seu olhar para o grande pátio, percebeu a mudança de um número prodigioso de pessoas.

O silêncio que de repente se sucedeu à agitação de todos aqueles seres a fez sentir compaixão por tantas pessoas inocentes que perdiam a vida por minha causa, mas a fada tranquilizou-a, dizendo que deixaria seus súditos naquele estado apenas durante o tempo em que sua discrição fosse necessária. Era uma precaução a que era preciso recorrer, mas ela prometeu que iria compensá-los e que o tempo que permaneceriam naquele estado não seria contado em seus dias de vida.

– Eles vão rejuvenescer igualmente, assim que seu sofrimento terminar – disse a fada para a rainha. – Vamos deixá-los aqui com seu filho. Ele estará seguro, porque acabei de erguer nevoeiros tão densos na vizinhança deste castelo que será impossível penetrar nele, até que julguemos ser o momento. Vou enviá-la – continuou ela – para onde sua presença é necessária; a senhora precisa se preocupar com os movimentos de seus inimigos. Tenha o cuidado de divulgar que a fada que criou seu filho o segurou junto a ela para um propósito importante, e que ela reteve todas as pessoas que a seguiram.

Não foi sem derramar lágrimas que minha mãe se viu obrigada a me deixar. A fada renovou as garantias de que estaria sempre cuidando de mim e insistiu que me bastaria desejar para ver minhas vontades satisfeitas. Acrescentou que meus infortúnios terminariam desde que ela ou eu não impedíssemos isso por algum ato imprudente. Todas essas promessas não foram capazes de consolar minha mãe; ela gostaria de ficar comigo e de deixar para a fada, ou para quem ela julgasse mais digno, o cuidado de governar seu reino; mas as fadas comandam com poder e querem ser obedecidas. Minha mãe, temerosa de, por uma recusa, aumentar meus infortúnios e privar-me da ajuda dessa inteligência benfeitora, consentiu em tudo o que era exigido dela. Viu uma linda carruagem chegar, puxada pelos mesmos cervos brancos que a trouxeram hoje. A fada fez a rainha subir nela; mal teve tempo de me beijar, seus interesses a chamavam em outro lugar, e ela foi avisada de que uma estadia mais longa naquele lugar teria me prejudicado. Foi levada com velocidade extraordinária para onde seu exército estava acampado. Ninguém ficou surpreso ao vê-la chegar naquele transporte. Todos acreditavam que estava com a velha fada, porque a que a acompanhava não se deu a conhecer e partiu de novo imediatamente: fez isso para vir a este lugar, onde, num instante, o embelezou com tudo que sua arte e sua imaginação puderam providenciar.

Essa fada prestativa me permitiu acrescentar o que fosse da minha preferência e, depois de ter feito por mim tudo que podia, ela me deixou, exortando-me a ter coragem e prometendo vir de tempos em tempos me transmitir as esperanças que ela tinha concebido a meu favor.

Eu parecia estar sozinho no palácio; mas era apenas impressão: era servido como se estivesse no meio da minha corte, e minhas ocupações foram quase as mesmas que aquelas que você teve depois. Eu lia, assistia aos espetáculos, cultivava um jardim que tinha feito para me divertir e encontrava prazer em tudo que empreendia. O que eu plantava não levava mais que um dia para atingir a perfeição. Não precisou mais que isso para fazer crescer a roseira a quem devo a felicidade de vê-la aqui.

Minha benfeitora vinha me ver com muita frequência. Suas promessas e sua presença suavizavam meus sofrimentos. Por meio dela, a rainha tinha notícias minhas e eu dela. Um dia, vi a fada chegar. A alegria brilhava em seus olhos. Ela me disse:

– Querido príncipe, o momento de sua felicidade se aproxima.

Então, informou-me que aquele que você acreditava ser seu pai havia passado a noite de forma muito desconfortável na floresta. Contou-me em poucas palavras sobre a aventura pela qual ele passara, sem me informar sobre a verdade do seu nascimento. Disse que ele fora forçado a vir buscar abrigo contra adversidades que enfrentara por vinte e quatro horas.

– Eu vou – disse ela – dar as ordens para que ele seja bem recebido. Essa acolhida precisa ser agradável. Ele tem uma linda filha, quero que seja ela a vir libertar você. Prestei atenção às condições que minha cruel companheira colocou para que seu encantamento possa ser quebrado. É uma felicidade que não tenha ordenado que aquela que deve libertá-lo viesse aqui por amor a você. Pelo contrário, disse que ela devia temer a morte e até se expor a ela voluntariamente. Imagino uma maneira de obrigá-la a fazer isso. Será levá-la a acreditar que a vida de seu pai está em perigo e que ela não tem outra maneira de salvá-lo. Sei que, para não causar nenhuma despesa para esse velho homem, ela só pediu uma rosa, enquanto as irmãs o sobrecarregaram de encomendas exageradas. Quando ele encontrar uma oportunidade favorável, irá satisfazê-la. Esconda-se atrás da roseira e, assim que ele começar a colher rosas, mostre-lhe que a morte será o castigo de sua ousadia, a menos que lhe dê uma de suas filhas, ou melhor, que ela mesma se entregue, de acordo com a ordem prescrita por nossa inimiga. Esse homem, além da que destino a você, tem cinco outras filhas. Nenhuma delas é suficientemente generosa para pagar a vida do pai ao preço da dela; apenas Bela é capaz dessa grande ação.

Executei rigorosamente as ordens da fada. Você sabe, linda princesa, o que aconteceu. O comerciante, para salvar sua vida, prometeu-me o que eu lhe pedia. Eu o vi sair sem ser capaz de me convencer de que ele voltaria com você. Desejei isso, e não me atrevi a esperar que esse anseio fosse atendido. Como sofri durante todo o mês que ele me pediu! Eu não queria ver o fim daquilo, exceto para ter mais certeza do meu infortúnio. Não podia imaginar que uma pessoa jovem, bonita e gentil teria a coragem de vir em busca de um monstro do qual ela acreditava que iria se tornar vítima. Quando ela se sentisse suficientemente segura, teria de permanecer comigo, sem que lhe fosse permitido se arrepender de sua atitude, e isso me parecia um obstáculo invencível. Além disso, como ela poderia suportar a minha presença sem morrer de medo?

Eu arrastava minha existência miserável em meio a essas tristes reflexões, e nunca fui tão digno de pena. No entanto, o mês passou e minha protetora me anunciou sua chegada. Você sem dúvida se lembra da pompa com que foi recebida; não ousando expressar minha alegria por discursos, para lhe dar mostras dela, recorri à ajuda da magnificência. A fada, cheia de atenção para comigo, me proibiu de me dar a conhecer: não importava o medo que eu pudesse inspirar a você ou a bondade que me demonstrasse: eu não tinha permissão para procurar agradá-la nem para lhe demonstrar amor e me revelar. Eu só podia me entrincheirar por trás de uma gentileza excessiva, pois, felizmente, a fada maligna havia se esquecido de me proibir de lhe dar provas disso.

Essa lei me pareceu dura, mas tive de obedecer, e resolvi me apresentar diante de você apenas por alguns momentos por dia, fugir das conversas encadeadas, para evitar que meu coração desse vazão à ternura. Você chegou, princesa encantadora, e o primeiro olhar que lhe dirigi produziu em mim um efeito bem oposto ao que minha figura monstruosa devia provocar em você. Vê-la e amá-la imediatamente foi a mesma coisa para mim. Ao entrar sempre tremendo em seu aposento, minha alegria era excessiva em ver que você sustentava minha visão com um ar mais intrépido do que eu mesmo era capaz. Você me deu infinito prazer quando me declarou que desejava permanecer comigo. Por um efeito de amor-próprio que me seguia até sob a forma mais medonha, acreditei ter percebido que você não me achava tão assustador quanto esperara.

Seu pai partiu contente. Mas minha dor foi redobrada quando pensei que deveria agradar a você apenas pela mera estranheza do seu gosto. Sua postura, suas falas sábias e modestas, tudo em você me fazia ver que agia apenas por princípios que a razão e a virtude lhe ditavam: foi o que não me permitiu me iludir com a esperança de um capricho feliz. Eu estava desesperado por não poder usar com você outras palavras além daquelas que a fada tinha ditado para mim, e que ela quisera que fossem deliberadamente simples e pueris.

Em vão, argumentei com ela que não era natural que você aceitasse a proposta de dormir comigo. A isso ela não respondeu outra coisa senão: "Paciência, perseverança, ou tudo estará perdido". Para compensá-la por minha ridícula conversa, ela me assegurou que iria lhe proporcionar todo tipo de prazer e, para mim, a vantagem de vê-la continuamente, sem assustá-la e sem ser forçado a lhe dizer impertinências. Ela me tornava invisível, e eu tinha a satisfação de vê-la ser servida por espíritos que também o eram, ou que se mostravam a você sob várias formas de animais.

Além disso, a fada, ao dirigir seus sonhos, fazia você me ver à noite em pensamento, e durante o dia nos meus retratos, e me levava a conversar com você por meio dos sonhos, da forma como eu pensava e com o meu jeito de falar. Você conheceu de forma confusa meu segredo e minhas esperanças, que ela a convidava a atender; e, por meio de um espelho estrelado, eu presenciava suas conversas, e via tudo que imaginava dizer ou tudo que pensava. Essa situação não bastava para me fazer feliz, eu só o era em sonho, enquanto meus infortúnios eram reais. O amor extremo que você tinha me inspirado obrigava-me a reclamar do constrangimento em que eu vivia; mas minha situação se tornou muito mais triste quando percebi que esses lindos lugares não tinham mais encanto para você. Eu a via derramar lágrimas que atravessavam meu coração e eram capazes de me destruir. Você me perguntou se eu estava só aqui, e por pouco não desisti da minha fingida estupidez e lhe fiz juras para tranquilizá-la. Iria formulá-las com palavras que a deixariam impressionada e teriam feito você suspeitar que eu não era tão rude quanto queria aparecer.

Eu estava quase me revelando quando a fada, invisível para você, surgiu diante de meus olhos. Com uma expressão ameaçadora, que me deixou assustado, ela encontrou a forma de me silenciar. De que meios, ó céus, ela se utilizou para impor a mim o silêncio! Aproximou-se de você com o punhal na mão e sinalizou para mim que a primeira palavra que eu pronunciasse lhe custaria a vida. Fiquei tão amedrontado que naturalmente retomei a estupidez que ela me ordenou simular.

Meus sofrimentos não tinham chegado ao fim. Você me disse que estava com vontade de ir à casa de seu pai; eu lhe permiti sem hesitar. Poderia eu lhe recusar alguma coisa? Mas considerei sua partida como o golpe fatal; e, sem os cuidados da fada, teria sucumbido a ela. Durante sua ausência, essa generosa inteligência não me abandonou de forma alguma. Ela me salvou da minha própria fúria; eu teria me entregado a ela, sem ousar acreditar que você fosse de fato voltar. O tempo que você havia passado neste palácio tornava minha condição mais insuportável que antes, uma vez que eu me considerava o mais infeliz dos homens, sem esperanças de poder lhe revelar isso.

A mais doce das minhas ocupações era percorrer os lugares aonde você ia com mais frequência; mas minha tristeza redobrava por não mais poder vê-la ali. As noites e horas em que tinha o prazer de conversar com você por um momento redobravam minha aflição e eram ainda mais cruéis comigo. Aqueles dois meses, os mais longos da minha vida, finalmente acabaram, e eu não a vi retornar. Foi então que meu sofrimento atingiu seu ponto máximo e que o poder da fada foi fraco demais para evitar que eu sucumbisse ao meu desespero. As precauções que ela tomou para me impedir de dar cabo da minha vida foram inúteis. Eu tinha um meio seguro que excedia seu poder: era não mais me alimentar. Pela força de sua arte, ela teve ainda a capacidade de me manter por algum tempo; mas, tendo ela esgotado todos os seus sortilégios comigo, eu enfraquecia pouco a pouco; por fim, quando só me restava um momento de vida, você veio me arrebatar dos braços da morte.

Suas preciosas lágrimas, mais eficazes que todos os elixires dos gênios disfarçados, retiveram minha alma, que estava prestes a ir embora. Ao saber por suas lamentações que eu era amado por você, experimentei uma felicidade perfeita, e que atingiu seu auge quando você me aceitou como esposo. No entanto, eu ainda não tinha permissão para lhe revelar meu segredo, e a Fera foi obrigada a deitar-se ao seu lado, sem ousar permitir que você conhecesse o príncipe. Mal me deitei em sua cama, cessaram as minhas inquietações e, como você sabe, imediatamente entrei num estado de letargia que não terminou até que a fada e a rainha chegassem. Quando acordei, me vi como estou agora, sem poder dizer como se deu a minha mudança.

Você testemunhou o resto, mas não pôde ter uma ideia perfeita da dor que senti diante da obstinação de minha mãe, que se opunha a uma união tão justa e tão gloriosa para mim. Eu estava decidido, princesa, a me tornar de novo uma fera para não perder a esperança de ser o esposo de uma pessoa tão virtuosa e encantadora. Se, por um lado, o segredo do seu nascimento sempre fora um mistério para mim, por outro, a gratidão e o amor não me teriam feito sentir com menor intensidade o fato de que ao tê-la eu seria o mais feliz dos homens.

Terceira Parte

O príncipe terminou assim seu relato, e a princesa estava prestes a lhe responder, quando foi impedida por um barulho de vozes estridentes e de instrumentos bélicos, que, no entanto, nada anunciavam de sinistro. Eles colocaram a cabeça na janela, assim como a fada e a rainha, que voltavam de sua caminhada. O barulho era ocasionado pela chegada de um homem que, segundo as aparências, devia ser um rei. A escolta que o rodeava tinha todos os sinais da dignidade real, e ele mesmo mostrava em sua pessoa um ar de majestade que não negava a magnificência da qual estava acompanhado. Esse rei perfeitamente bem-apessoado, embora já não fosse mais tão jovem, mostrava que tinha havido poucos iguais a ele nos seus anos áureos. Era seguido por doze guardas e por alguns cortesãos em roupas de caça, que pareciam tão impressionados quanto seu senhor por estarem em um castelo que lhes era desconhecido. Foram-lhe prestadas honras como se ele estivesse em suas próprias terras, todas elas por seres invisíveis, pois eles ouviam gritos de alegria e fanfarras, e não viam ninguém.

Quando o viu surgir, a fada disse à rainha:

– Eis o rei seu irmão e pai de Bela, o qual não contava de forma alguma com o prazer de encontrá-las aqui. Ele ficará ainda mais satisfeito pelo fato de, como a senhora sabe, acreditar que sua filha morreu há muito tempo. Ele ainda tem saudades dela, assim como da esposa, de quem conserva uma doce lembrança.

Com esse discurso aumentando a impaciência que a jovem rainha e a princesa tinham de abraçar o rei, elas chegaram prontamente ao pátio, no exato momento em que ele desmontava do cavalo. Ele as viu sem conseguir reconhecê-las, mas, percebendo que elas claramente vinham se postar diante dele, não sabia que cumprimento lhes dirigir nem que termos usar, quando Bela, jogando-se aos seus pés, beijou-os chamando-o de pai.

O rei ergueu-a e, apertando-a carinhosamente nos braços, não entendia por que ela o chamava assim. Imaginou que pudesse ser uma princesa órfã e oprimida que vinha implorar sua proteção, e que só usava esses termos mais comoventes para ser bem-sucedida em seu pedido. Ele estava pronto para lhe garantir que ia atendê-la em tudo que dependesse dele, quando reconheceu a rainha, sua irmã, que, por sua vez beijando-o, lhe apresentou seu filho. Ela o informou de uma parte das obrigações que ela e ele tinham com Bela, e não escondeu dele a terrível aventura que acabara de terminar.

O rei elogiou a jovem princesa e queria saber seu nome, quando a fada, interrompendo-o, perguntou-lhe se havia necessidade de dizer o nome de seus pais e se ele alguma vez na vida conhecera alguém com quem ela se parecesse o suficiente para permitir-lhe adivinhar quem era...

– Se eu for levar em conta seus traços – disse ele, olhando fixamente para a moça e incapaz de conter algumas lágrimas –, a forma como ela me chama tem absoluto sentido, mas, apesar desses sinais, e da emoção em que a visão dela me faz mergulhar, não ouso dizer que ela é a filha pela qual chorei, pois vi os sinais nítidos de que foi devorada por animais selvagens. No entanto – continuou, olhando para ela de novo –, essa princesa se parece por completo com a esposa terna e incomparável que a morte me arrebatou. Quão agradavelmente feliz estou pela esperança de rever nela o fruto de uma encantadora união, cujas correntes foram quebradas tão cedo!

– O senhor pode fazê-lo – disse a fada. – Bela é sua filha. Seu nascimento não é mais um segredo aqui. A rainha e o príncipe sabem quem ela é. Só o fiz vir aqui para informá-lo sobre isso; mas não estamos em um lugar cômodo para lhe contar os detalhes dessa aventura. Entremos no palácio, o senhor descansará ali por alguns momentos e então lhe direi o que quer saber. Depois da alegria que deve ter sentido ao encontrar uma garota tão bonita e virtuosa, vou lhe falar de outra novidade, à qual não será menos sensível.

O rei, acompanhado de sua filha e pelo príncipe, foi conduzido pelos oficiais macacos para o aposento que a fada lhe destinara.

A inteligência usou esse tempo para dar às estátuas a liberdade de falar do que haviam visto. Como o destino delas despertara a compaixão da rainha, ela quis que fosse por suas mãos que elas viessem a sentir de novo a alegria de rever a luz. A fada lhe deu sua varinha, com a qual a rainha, tendo descrito, por sua orientação, sete círculos no ar, pronunciou estas palavras em um tom de voz natural:

– Voltem à vida, seu rei está salvo.

Todas aquelas figuras imóveis se mexeram, começaram a andar e a agir como antes, lembrando-se apenas confusamente do que havia acontecido com elas.

Depois dessa cerimônia, a fada e a rainha voltaram para perto do rei, que encontraram conversando com Bela e o príncipe. Ora um, ora a outra, ele os acariciava, especialmente a filha, a quem perguntou cem vezes como tinha sido salva das bestas ferozes que a haviam levado, sem se dar conta de que ela lhe respondera desde a primeira vez que não sabia nada a respeito disso, e até ignorava o segredo de seu nascimento. De sua parte, o príncipe falava sem ser ouvido, repetindo cem vezes como se sentia grato em relação à princesa Bela. Ele também teria desejado informar o monarca sobre as promessas que a fada lhe fizera de lhe dar a mão dela, e implorar-lhe que não recusasse um gentil consentimento àquela aliança. A conversa e os afagos foram interrompidos pela chegada da rainha e da fada. O rei, que reencontrava sua filha, experimentava toda a extensão de sua felicidade; mas ele ainda não sabia a quem devia essa preciosa bênção.

– A mim – disse a fada –, e só a mim cabe lhe explicar essa aventura. Eu não limito minha benevolência a lhe contar a história, ainda tenho novidades para lhe anunciar que não são menos agradáveis. Assim, grande rei, o senhor pode assinalar este dia entre aqueles felizes da sua vida.

Os outros, sabendo que a fada se preparava para falar, deixaram claro por seu silêncio que prestariam toda a atenção. Atendendo às expectativas deles, eis o discurso que ela fez ao rei:

"Bela e talvez o príncipe, senhor, são os únicos aqui que não conhecem as leis da Ilha Feliz. É para eles que vou explicá-las. É permitido a todos os habitantes dessa ilha, e mesmo ao rei, consultar apenas seu coração quanto à pessoa que deve desposar, para que nada possa se opor à sua felicidade. Foi em virtude desse privilégio que o senhor escolheu uma jovem pastora que encontrou numa caçada. Seus atrativos, sua sabedoria levaram o senhor a considerá-la digna dessa honra.

"Qualquer outra que não ela, e até moças criadas com dignidade, teria aceitado de bom grado e avidamente a honra de ser sua amante; mas a virtude dela a fez desprezar semelhante oferta. O senhor a colocou no trono e deu-lhe uma posição da qual a baixeza de seu nascimento parecia dever excluí-la, mas que ela merecia pela nobreza de seu caráter e pela beleza de sua alma.

O senhor deve se lembrar de que sempre teve motivo para se vangloriar de sua escolha. A doçura, a complacência e a ternura que ela tinha pelo senhor se igualavam aos seus encantos. Mas o senhor não desfrutou por muito tempo do prazer de contemplá-la. Depois que ela fez do senhor o pai de Bela, o senhor se viu obrigado a realizar uma viagem às suas fronteiras, para evitar a eclosão de uma revolta, da qual foi informado; durante esse tempo, perdeu essa querida esposa, que o comovera ainda mais quando o senhor uniu à ternura que seus atrativos lhe haviam inspirado a mais perfeita estima por suas raras qualidades. Apesar de sua juventude, e da pouca educação que seu nascimento lhe proporcionara, o senhor encontrou nela uma consumada prudência, e seus cortesãos mais hábeis ficaram espantados com os sábios conselhos que lhe dava e com os expedientes que encontrava para fazer o senhor ter sucesso em todos os seus projetos."

O rei, que sempre guardara seu pesar e para quem a morte da digna esposa estava o tempo todo presente, não pôde ouvir essa história sem demonstrar de novo sua emoção, e a fada, percebendo que esse discurso o afetava, disse-lhe:

"Sua sensibilidade prova para mim que merece essa felicidade; não quero recordar-lhe mais uma lembrança que só faz entristecê-lo; mas devo dizer-lhe que essa suposta pastora era uma fada e minha irmã. Informada de que a Ilha Feliz era um país encantador, sabendo de suas leis e da doçura de seu governo, ela teve vontade de conhecê-la.

As roupas de uma pastora foram o único disfarce que assumiu, para aproveitar por algum tempo a vida no campo. Foi durante essa permanência que o senhor a conheceu. Os encantos e a juventude dela chamaram sua atenção. Minha irmã se rendeu sem restrição ao desejo de saber se o senhor tinha tantos encantamentos na mente quantos ela enxergava em sua pessoa. Ela confiava em suas qualidades e em seu poder de fada, o que a protegeria, quando desejasse, de seus assédios, caso eles se tornassem inoportunos, e do fato de que a condição sob a qual ela se mostrara ao senhor o fizesse presumir que poderia lhe faltar com o respeito sem que isso tivesse maiores consequências. Não temia de forma alguma os sentimentos que o senhor lhe poderia inspirar e, convencida de que sua virtude bastava para protegê-la contra as armadilhas do amor, atribuía o que sentira pelo senhor à simples curiosidade de saber se ainda havia na terra homens capazes de amar a virtude desprovida dos ornamentos externos que a tornam mais brilhante e mais respeitável para as pessoas comuns que sua própria qualidade, e cujas seduções funestas induzem muitas vezes a dar seu nome aos vícios mais abomináveis.

Com essa ideia, longe de se retirar em nossa estalagem comunitária, como havia planejado de início, ela quis morar em uma pequena cabana que fizera para si na solidão, onde o senhor a conheceu com uma figura fantástica que representava a mãe dela. As duas pareciam viver do produto de um pretenso rebanho que não temia os lobos, sendo na verdade apenas gênios disfarçados. Foi nesse lugar que ela recebeu suas atenções, as quais produziram todo o efeito que o senhor poderia desejar. Ela não teve forças para recusar a oferta que lhe fez da coroa... O senhor conhecia toda a extensão da obrigação que tinha para com ela, nos tempos em que acreditava que minha irmã lhe devia tudo e que desejava deixá-la nesse erro.

O que estou informando ao senhor é uma prova sensata de que a ambição não teve participação alguma no consentimento que ela dava aos seus desejos. O senhor não ignora que olhamos para os maiores reinos como bens que damos de presente a quem nos agrada. Mas ela prestou atenção ao seu procedimento generoso e, considerando-se feliz em se unir a um homem tão virtuoso, ficou entorpecida com esse envolvimento, a ponto de não refletir de forma alguma sobre o perigo a que estava prestes a se entregar. Porque nossas leis proíbem expressamente qualquer aliança com aqueles que não possuem tanto poder quanto nós, em especial antes que tenhamos longevidade suficiente para dispormos de autoridade sobre os outros e de usufruir o direito de presidir.

Antes desse tempo, estamos subordinadas às nossas anciãs, e, para que não abusemos de nosso poder, só temos aquele de dispor de nossas pessoas em favor de uma inteligência, ou de um sábio, cujo poder seja pelo menos igual ao nosso. É verdade que, depois que nos tornamos veteranas, temos liberdade para fazer qualquer aliança que nos agrade; mas é raro usarmos esse direito e, quando isso acontece, constitui um escândalo para a ordem, que só raramente recebe esse insulto, ainda assim da parte de algumas fadas velhas que pagam quase sempre caro por essa extravagância, pois se casam com jovens que as desprezam e, embora não sejam punidas de forma direta, acabam sendo suficientemente castigadas pelas atitudes más de seus maridos, de quem não lhes é permitido se vingar.

É a única sentença que impomos a elas. Os desgostos que quase sempre acompanham as loucuras que fizeram privam-nas do desejo de revelar nossos segredos aos leigos, de quem esperavam consideração e cuidado. Minha irmã não se enquadrava em nenhum desses casos. Dotada de todas as qualidades próprias para se fazer amar, faltava-lhe apenas a idade; mas ela consultou somente seu coração. Achava que poderia manter secreta a sua união, e conseguiu por algum tempo. Nós não temos o costume de nos informar sobre o que fazem aquelas que estão ausentes. Cada uma cuida de seus próprios negócios e saímos pelo mundo para fazer o bem ou o mal, de acordo com nossas inclinações, sem sermos obrigadas, quando retornamos, a prestar contas de nossas ações, a menos que tenhamos tido uma conduta que faça com que falem de nós, ou que alguma fada benevolente, comovida com infelizes injustamente perseguidos, apresente as queixas deles. Enfim, é preciso que haja algum evento imprevisto para que visitemos o livro geral, no qual o que fazemos é gravado por si mesmo no momento em que acontece. Exceto por essas ocasiões, só precisamos comparecer à assembleia três vezes por ano e, como viajamos com muita facilidade, não é preciso mais que nossa presença durante duas horas para ficarmos quites com essa obrigação.

Minha irmã tinha a obrigação de iluminar o trono (é assim que chamamos essa tarefa): quando era necessário, ela, de longe, preparava para o senhor uma caçada ou uma viagem de lazer, e, depois de sua partida, alegava algum incômodo para ficar sozinha fechada em seu quarto, ou dava a entender que precisava escrever ou descansar. Não se descobriu, em seu palácio, nem entre nós, o que ela tinha tanto interesse em esconder. Isso não foi mistério para mim. As consequências eram perigosas, foi o que lhe mostrei; mas ela amava muito o senhor para se arrepender do passo que dera. Querendo se justificar para mim, exigiu que eu viesse vê-lo.

Sem querer bajulá-lo, confesso, meu senhor, que se o fato de vê-lo não me fez aprovar por completo a fraqueza dela, pelo menos a diminuiu consideravelmente a meus olhos e aumentou o empenho com que eu procurava mantê-la escondida. Sua prevaricação permaneceu oculta por dois anos; mas por fim ela se revelou. Somos obrigadas a fazer certo número de atos bons na extensão geral do universo, os quais nos vemos forçadas a relatar. Quando minha irmã teve de prestar contas de sua parte, ela só pôde mostrar favores na Ilha Feliz e para a Ilha Feliz.

Muitas de nossas fadas mal-humoradas reprovaram seu procedimento, e foi por isso que nossa rainha perguntou por que ela restringia sua disposição benfeitora àquela pequena parte da Terra, já que não lhe era permitido ignorar que uma jovem fada devia viajar muito, para dar a conhecer ao universo qual é o nosso poder e a nossa vontade.

Como essa lei não era nova, minha irmã não tinha pretexto para reclamar dela, nem desculpa para se recusar a obedecê-la. Ela prometeu se adaptar a essa lei. Mas a impaciência de ver o senhor novamente, o medo de que alguém notasse sua ausência, a impossibilidade de realizar ações secretas estando no trono não lhe permitiram se afastar por tempo suficiente e com a frequência necessária para cumprir seu dever, e, na assembleia seguinte, ela mal pôde provar que estivera por quinze minutos fora da Ilha Feliz.

Nossa rainha, irritada com ela, ameaçou destruir essa ilha, para evitar que ela violasse nossas leis por mais tempo. Essa ameaça a afetou de tal forma que mesmo a menos clarividente das fadas percebeu até que ponto sua esposa estava ligada àquela ilha fatal, e a fada má que deu ao príncipe que aqui está a figura monstruosa que ele assumiu, intuiu diante de sua perturbação que, abrindo o grande livro, encontraria um tema importante capaz de exercer sua inclinação para o mal.

– É aqui – exclamou ela – que a verdade irá se revelar e que vamos conhecer de fato sua conduta.

Com essas palavras, ela fez toda a assembleia ver tudo que havia acontecido nos últimos dois anos e leu em alto e bom som.

Todas as fadas fizeram um barulho estranho ao ficar sabendo desse casamento desigual e dirigiram à minha triste irmã as críticas mais cruéis. Ela foi destituída de nossa ordem e condenada a permanecer prisioneira entre nós. Se a punição por essa falta tivesse ficado apenas na primeira das penalidades, ela teria se consolado; mas o segundo castigo, mais terrível que o primeiro, a fez sentir todo o rigor de um e de outro. A perda de sua dignidade a incomodou pouco; mas, por amá-lo de coração, ela pediu, com lágrimas nos olhos, que o castigo consistisse apenas em destituí-la, sem privá-la da alegria de viver como simples mortal com seu esposo e sua querida filha.

Suas lágrimas e súplicas comoveram as fadas mais experientes, e eu percebi, pelos murmúrios que se fizeram ouvir, que se naquele momento os votos tivessem sido recolhidos, tudo seria resolvido apenas com uma advertência. Mas uma das mais antigas, que, por ser extremamente decrépita, era chamada por nós de Mãe dos Tempos, não proporcionou à rainha a oportunidade de se explicar e de dar a conhecer que a piedade havia tomado seu coração, assim como o coração das outras."

– Esse crime não deve ser tolerado – exclamou com voz estridente aquela velha odiosa. – Se ele não for punido, seremos expostas todos os dias às mesmas afrontas. A honra da ordem ficará absolutamente comprometida. Essa infeliz, ligada à terra, não lamenta de forma alguma a perda de uma dignidade que a elevava cem vezes mais acima dos reis do que eles estão acima de seus súditos. Ela nos diz que sua afeição, seus medos e seus desejos se voltam para sua família indigna. É por esse aspecto que deve ser punida. Que o esposo dela sinta sua falta; que a filha, fruto vergonhoso de seu amor abjeto, se case com um monstro, para fazê-lo expiar a fraqueza de uma mãe que foi capaz de se encantar com a beleza frágil e desprezível de seu pai.

Essa sentença cruel levou muitas daquelas inclinadas à clemência a agir, de novo, com rigor. Como o pequeno número das que tinham ficado comovidas com a pena não foi suficiente para se opor à deliberação geral, esta foi executada rigorosamente, e até nossa rainha, cujo semblante parecia inclinado à compaixão, retomou o ar severo e confirmou, diante da pluralidade dos votos, o parecer daquela velha maldosa. No entanto, minha irmã, que procurava revogar um decreto tão cruel, para comover suas juízas e desculpar seu casamento, elaborou um retrato tão encantador do senhor que ateou fogo no coração da fada governanta do príncipe (aquela que tinha aberto o livro), mas esse amor nascente só serviu para redobrar o ódio que aquela fada injusta já alimentava por sua triste esposa.

Não sendo capaz de resistir à ânsia que tinha de vê-lo, ela coloriu sua paixão com a desculpa de saber se o senhor merecia que uma fada experimentasse o sacrifício a que minha irmã se entregara por sua causa.

Como ela estava encarregada do príncipe e conseguira que essa tutela fosse aprovada pela assembleia, ela não teria ousado abandoná-lo, se o amor engenhoso não a tivesse inspirado a colocar perto dele um gênio protetor e duas fadas subalternas e invisíveis para responder por isso na sua ausência. Após essa precaução, ela pensou apenas em seguir seus desejos, que a levaram à Ilha Feliz.

No entanto, as damas e os oficiais da rainha prisioneira, atônitos pelo fato de ela nunca sair de seu aposento secreto, ficaram alarmados. As ordens expressas que ela lhes dera para que não a interrompessem os fizeram passar a noite sem bater à sua porta; mas a impaciência se sobrepôs a todas as outras considerações, e eles bateram com força. Como ninguém respondeu, arrombaram as portas, não mais duvidando que algum acidente houvesse acontecido. Embora contassem com a possibilidade de que uma série de coisas ruins pudesse ter ocorrido, nem por isso deixaram de ficar consternados por não a terem encontrado. Eles a chamaram, procuraram em vão por ela; nada surgiu para aliviar o desespero que sua ausência causou. Mil raciocínios foram feitos, cada um mais absurdo que o outro. Não se podia suspeitar que sua evasão tivesse sido voluntária. Ela era todo-poderosa em seu reino, o domínio soberano que o senhor tinha conferido a ela não era contestado por quem quer que fosse. Todos a obedeciam com alegria. O carinho que o senhor e a rainha tinham um pelo outro, aquele que ela tinha pela filha e pelos súditos que muito a admiravam não levavam a crer que ela tivesse fugido. Aonde teria ido para ser mais feliz? Além disso, qual homem teria ousado tirar uma rainha do meio de seus guardas e das profundezas de seu palácio? Todos conheceriam a estrada pela qual os sequestradores poderiam levá-la.

O infortúnio era certo, embora as circunstâncias em que ocorrera permanecessem ocultas. Havia outra coisa a temer; era, meu senhor, o modo como receberia essa notícia fatal. A inocência dos que eram responsáveis pela pessoa da rainha não os tranquilizava quanto aos efeitos da sua justa ira. Era necessário tomar a decisão de fugir do reino e, por meio dessa fuga, se declararem culpados de um crime que não haviam cometido, ou então achar um jeito de esconder do senhor esse infortúnio.

Depois de muita deliberação, tudo que se conseguiu pensar foi em persuadi-lo de que ela estava morta, o que se fez imediatamente. Um mensageiro acabou sendo enviado para informá-lo de que ela adoecera. Um segundo, que saiu algumas horas depois, levou-lhe a notícia de sua morte, uma forma de evitar que seu amor por ela o motivasse a vir com urgência. Sua presença teria inviabilizado todas as medidas que garantiam a segurança geral. Foi proporcionado à rainha um funeral digno de sua posição, do afeto que o senhor lhe devotava e da tristeza de um povo que a adorava, e que a pranteava tão sinceramente quanto o senhor.

Essa história cruel foi sempre um segredo para o senhor, embora não houvesse ninguém em toda a Ilha Feliz que não soubesse disso. A primeira surpresa tinha tornado pública essa desgraça. A dor que o senhor sentiu com essa perda foi proporcional ao seu afeto, e o senhor não encontrou outro alívio para isso senão trazer a princesa, sua filha, para perto. Os carinhos inocentes dessa criança lhe proporcionaram todo o consolo. O senhor não mais quis se separar dela; era encantadora e o tempo todo exibia um retrato vivo da rainha sua mãe. A fada inimiga, que tinha sido a causa primeira de toda a desordem ao abrir o grande livro, pelo qual descobrira o casamento de minha irmã, não tinha vindo visitá-lo sem pagar o preço por sua curiosidade: sua presença havia produzido no coração dela o mesmo efeito que no da sua esposa. E essa experiência, em vez de fazê-la se desculpar, a fez ansiar ardentemente por cometer o mesmo erro. Invisível para o senhor, ela não era capaz de se decidir a deixá-lo: vendo-o inconsolável, não se vangloriava de um sucesso feliz em seus amores, e, temendo juntar a vergonha de seu desprezo à inutilidade de seus projetos, não ousava se dar a conhecer ao senhor. Por outro lado, julgando que era necessário aparecer, ela pensava que, ao fazê-lo recuperar o ânimo, o acostumaria a vê-la, e talvez a amá-la. Mas era preciso entrar em contato com o senhor, e, para conseguir uma maneira de fazer isso, ela tanto pensou no momento que escolheria para se apresentar diante do senhor de uma forma decente que acabou por encontrá-la.

Uma rainha vizinha tinha sido expulsa de seus domínios por um usurpador assassino de seu marido; ela corria o mundo para encontrar um abrigo e um vingador. A fada raptou-a e, após colocá-la em um lugar seguro, a fez dormir e assumiu sua figura. O senhor a viu, meu senhor, essa fada disfarçada, jogar-se aos seus pés e implorar sua proteção, para punir, dizia ela, o assassino de um esposo do qual sentia tanta falta quanto o senhor da rainha. Ela insistiu com o senhor que o amor conjugal era o único motivo que a movia e que renunciava de todo o coração à coroa, que oferecia àquele que vingasse seu querido esposo.

Os infelizes têm pena uns dos outros. O senhor mergulhou na dor dela, ainda mais pelo fato de a rainha chorar por um esposo querido e de que, misturando as lágrimas dela com as suas, lhe falava constantemente da rainha. O senhor concedeu-lhe sua proteção, e não demorou muito para restaurá-la em seu pretenso reino, punindo os rebeldes e o usurpador, como ela parecia desejar: mas ela não quis voltar para lá nem deixá-lo. Implorou-lhe, por sua segurança, que governasse seu reino em nome dela, já que o senhor tinha muita generosidade para aceitar o presente que ela desejava lhe dar e permitir que ela vivesse em sua corte. O senhor não pôde recusar-lhe essa nova graça. Ela lhe pareceu necessária para criar sua filha, pois a esperta megera não ignorava que aquela criança era o único objeto de sua afeição. Ela fingia extrema ternura por ela e a mantinha continuamente em seus braços. Antecipando-se ao pedido que o senhor lhe faria, solicitou-lhe fervorosamente que lhe permitisse se encarregar de sua educação, dizendo que não queria nenhum outro herdeiro senão essa querida filha, que seria a dela, e o único objeto de seu amor, porque, dizia, ela a fazia lembrar-se daquela que tivera com o marido e que tinha perecido com ele.

A proposta lhe pareceu tão vantajosa que o senhor não hesitou em lhe dar a princesa, e mesmo em lhe delegar a autoridade absoluta sobre ela. A fada cumpriu sua tarefa com perfeição e, por seus talentos e afeição, conquistou sua total confiança. E, como a uma gentil irmã, o senhor lhe deu sua amizade. Não era o suficiente para ela; tudo o que fazia era apenas para se tornar sua esposa. Para alcançar isso, nada negligenciou; entretanto, diante de alguém que tinha sido o esposo da mais bela das fadas, ela não era feita para receber seu amor. A figura que tinha tomado de empréstimo não podia ser comparada com aquela cujo lugar disputava. Era extremamente feia, e a própria fada, que por natureza não era bonita, só conseguia tomar de empréstimo a beleza por um dia a cada ano.

Essa percepção pouco lisonjeira a fez entender que, para obter sucesso, teria de recorrer a outros meios além da beleza. Elaborou secretamente um plano para fazer o povo e as pessoas importantes pedirem ao senhor que escolhesse uma mulher para se casar, e para que fosse ela a indicada. Mas certas conversas enviesadas que ela tinha tido com o senhor para influenciá-lo quanto a isso o levaram facilmente a saber de onde vinham as fortes solicitações pelas quais estava sendo importunado. O senhor deixou muito claro que não queria ouvir falar de dar uma madrasta para sua filha, nem de criar uma situação em que ela ficasse subordinada a uma rainha que lhe roubaria a primazia em seus domínios, com a esperança certa de sucedê-lo no trono. O senhor também disse a essa falsa rainha que ela lhe faria um favor em voltar para casa sem barulho e sem demora. Prometeu-lhe que, quando fizesse isso, iria prestar-lhe todos os favores que ela poderia esperar de um amigo fiel e de um vizinho generoso. Mas o senhor não escondeu dela que, se não tomasse tal atitude por bem, correria o risco de ser forçada a fazê-lo.

O obstáculo intransponível que o senhor opunha ao amor dela lhe despertou uma raiva terrível; no entanto, ela fingiu tal indiferença em relação a isso que conseguiu convencê-lo: aquela tentativa decorria de sua ambição e do medo de que, mais tarde, o senhor se apoderasse de seus domínios, tendo ela, apesar da ânsia que demonstrara em levá-lo a aceitá-los, preferido fazê-lo acreditar que ela não os havia oferecido de boa-fé a dar a conhecer seus verdadeiros sentimentos.

Sua fúria, ainda que disfarçada, nem por isso foi menos violenta. Sem duvidar que fosse Bela que, por ocupar mais lugar em seu coração que a política, o fazia renunciar à vantagem de aumentar seu império de uma maneira tão gloriosa, desenvolveu por ela um ódio tão forte quanto o que nutria por sua esposa, e resolveu livrar-se dela, sem duvidar que, estando ela morta, seus súditos, voltando a pressioná-lo, o forçariam a se preocupar em deixar sucessores... Ela não tinha mais idade para isso, mas não lhe custava nada trapacear. A rainha da qual assumira a semelhança era jovem o suficiente para ter muitos mais, sua feiura não sendo um obstáculo a uma união real e política.

 Apesar da declaração expressa que o senhor havia feito, pensava-se que, se sua filha morresse, o senhor cederia às demandas insistentes de seu conselho; e não se duvidava mesmo que sua escolha recaísse sobre essa rainha fictícia, o que atraiu para ela inúmeros apoiadores. Assim, com a ajuda de um de seus bajuladores, cuja esposa tinha uma alma tão baixa quanto ele e que era tão má quanto ela, elaborou um plano para se livrar de sua filha. Ela a fizera governanta da princesinha. Eles arranjaram entre si de sufocá-la e dizer que ela havia morrido repentinamente. Mas, para maior segurança, combinaram de ir cometer esse assassinato na floresta vizinha, de forma que não pudessem ser surpreendidos nessa execução bárbara; esperavam que ninguém ficaria sabendo disso de forma alguma e que seria impossível culpá-los por não terem pedido ajuda antes que ela morresse, já que dariam a desculpa legítima de que estavam muito longe. O marido da governanta propunha-se a ir procurá-la, depois que a menina estivesse morta; e, para que não se suspeitasse de nada, ele deveria aparentar surpresa ao encontrá-las sem mais condição de serem ajudadas, quando retornasse ao local onde teria deixado aquela pobre vítima da fúria deles. Assim, estudava a dor e o espanto que queria afetar.

 Quando minha miserável irmã foi privada de seu poder e condenada aos rigores de uma prisão cruel, ela me pediu para consolá-lo e zelar pela segurança de sua filha. Não era necessário que ela tomasse essa precaução. A união que existe entre nós e a pena que eu sentia dela bastariam para atrair para o senhor a minha proteção, e sua recomendação só me fez realizar seus desejos com mais zelo.

 Eu vinha vê-lo com a maior frequência que me era possível e tanto quanto a prudência permitia, sem correr o risco de causar suspeitas em nossa inimiga, que me teria denunciado como uma fada em quem a afeição fraterna prevalecia sobre a honra da ordem e que protegia uma raça culpada. Não poupei esforços para convencer todas as fadas de que a tinha abandonado ao seu destino infeliz e, com isso, pretendia ter mais facilidade para prestar-lhe um serviço. Como eu estava atenta a todos os passos de sua amante perversa, tanto por meus meios quanto pelos gênios que estão sob meu comando, sua terrível intenção não escapou ao meu conhecimento. Eu não podia me opor a ela abertamente, e, embora fosse fácil para mim aniquilar aqueles em cujas mãos ela abandonara a pequena criatura, a prudência me impedia, pois, se eu houvesse levado sua filha embora, a fada do mal a teria tirado de novo de mim, sem que me fosse possível defendê-la. Existe entre nós uma lei que nos obriga a ter mil anos de antiguidade antes de entrar em uma disputa com nossas fadas mais velhas, ou pelo menos devemos ter sido uma serpente.

Os perigos que nos acompanham nesse estado nos levam a chamá-lo de Ato Terrível. Não há ninguém entre nós que não estremeça ao pensar em colocar isso em prática. Hesitamos muito antes de resolvermos nos expor a isso; e, sem um motivo muito premente de ódio, amor ou vingança, há poucas que não preferem esperar atingir a condição de veteranas com a ajuda do tempo, em vez de adiantá-la por esse meio perigoso, no qual a maior parte sucumbe. Eu estava nesse caso. Faltavam dez anos para que chegasse aos mil, e eu não tinha nenhum outro recurso senão o artifício. Empreguei-o de uma maneira eficaz.

Assumi a forma de uma ursa monstruosa e, escondendo-me na floresta destinada a essa odiosa execução, quando os desgraçados vieram cumprir a ordem bárbara que haviam recebido, joguei-me sobre a mulher, que tinha a criança nos braços e já estava colocando a mão sobre sua boca. O medo que ela sentiu a obrigou a soltar o precioso fardo; mas ela não o deixou sem cobrar caro por isso, e o horror que sua natureza má me transmitia me inspirou para compor a crueldade do animal cuja figura havia assumido. Eu a estrangulei, assim como o traidor que a havia acompanhado, e levei Bela, depois de tê-la despido prontamente, e tingido suas roupas com o sangue de seus inimigos. Espalhei-as pela floresta, com a precaução de rasgá-las em vários lugares, para que não fosse possível acreditar que a princesa escapara do ataque, e me retirei muito feliz por ter sido tão bem-sucedida.

A fada achou que seus desejos tinham se concretizado. A morte de seus dois cúmplices era uma vantagem para ela, pois se tornava senhora do seu segredo, e o destino que eu os fizera experimentar era o que ela havia pensado para eles, para recompensar seus serviços culpados. Outra circunstância, também vantajosa para ela, foi que os pastores, ao verem de longe a expedição, correram para pedir ajuda, a qual chegou cedo o suficiente para encontrar aqueles infames agonizando e, assim, eliminar toda suspeita de que ela tivesse tido qualquer participação naquilo.

Os mesmos incidentes também foram favoráveis à minha empreitada. Da mesma forma como enganaram as pessoas do povo, eles convenceram a fada perversa. Esse evento lhe pareceu tão natural que ela não duvidou dele. E nem mesmo se dignou a usar seu poder para se assegurar disso. Fiquei satisfeita com essa certeza dela. Eu não teria sido a mais forte se ela quisesse recuperar a pequena Bela; porque, além dos motivos que a tornavam superior a mim, os quais expliquei ao senhor, ela tinha a vantagem de cuidar de sua filha; o senhor lhe confiara sua autoridade, contra a qual era o único que tinha poder; a menos que o senhor próprio a tirasse das mãos dela, nada poderia subtraí-la às leis que ela queria lhe impor até que ela se casasse.

Liberta dessa preocupação, me vi oprimida por outra, lembrando que a Mãe dos Tempos havia condenado minha sobrinha a se casar com um monstro: mas ela ainda não tinha nem três anos de idade, e fiquei feliz ao descobrir por meu estudo um expediente para que essa maldição não fosse cumprida ao pé da letra e para que eu pudesse transformá-la num equívoco. Tinha tempo de sobra para pensar sobre isso, e, na ocasião, só cuidei de encontrar um lugar onde pudesse colocar minha preciosa presa em segurança.

Não ser descoberta era absolutamente necessário para mim. Não ousei dar-lhe um castelo, nem fazer para ela nenhuma magnificência artística, pois nossa inimiga teria notado isso, ela teria tido alguma preocupação, cujas consequências poderiam ser fatais para nós. Por isso, preferi vestir uma roupa simples e confiá-la ao primeiro indivíduo que encontrasse que me parecesse um homem de bem e com o qual eu ficaria feliz que ela desfrutasse de boas condições de vida.

O acaso logo favoreceu minhas intenções. Achei o que me convinha perfeitamente. Foi numa pequena casa em um lugarejo, cuja porta estava aberta. Entrei nessa choupana, que me pareceu a de um camponês tranquilo. Vi sob a luz de uma lâmpada três camponesas dormindo ao lado de um berço, que julguei ser o de um bebê. Esse berço nada tinha da simplicidade do resto do quarto. Tudo nele era suntuoso. Pensei que essa pequena criatura estivesse doente e que o sono em que suas guardiãs estavam mergulhadas vinha do cansaço que tinham tido com ela. Aproximei-me sem fazer barulho, com a intenção de proporcionar-lhe algum alívio, e senti um prazer antecipado com a surpresa que aquelas mulheres teriam ao acordar e encontrar seu doente curado, sem saber a que atribuir isso. Apressei-me a tirar aquela criança do berço, com a intenção de lhe insuflar saúde, mas minha boa vontade se mostrou inútil, ela estava morrendo no instante em que a toquei.

Essa morte naquele exato momento me inspirou então o desejo de tirar proveito dela e de colocar minha sobrinha em seu lugar, se a boa sorte quisesse que fosse uma menina. Fiquei muito feliz de ver que meus desejos se realizavam. Feliz com esse acontecimento, fiz a troca sem demora e tirei a pequena morta, que em seguida enterrei. Então, retornei à casa, onde fiz barulho na porta para despertar as jovens que dormiam.

Disse a elas, em um dialeto afetado, que eu era uma estranha que estava pedindo abrigo para aquela noite: elas me concederam de bom grado e foram olhar a criança, que encontraram dormindo tranquilamente e com todos os sinais de uma perfeita saúde. Ficaram felizes e surpresas, porque não perceberam a peça que eu lhes aplicara, deixando-as fascinadas.

Eles me disseram que aquela garotinha era de um comerciante rico, que uma delas era sua ama de leite, que, depois de desmamá-la, a devolvera aos pais, mas que a criança tinha ficado doente na casa do pai, que a enviara de volta ao campo na esperança de que o ar fresco lhe fizesse bem. Elas acrescentaram com uma expressão satisfeita, olhando para a menininha, que aquela experiência havia sido bem-sucedida e que produzira um efeito melhor que todos os remédios utilizados antes de a criança ser entregue a elas. Resolveram levá-la de volta para o pai assim que o dia raiasse, para não retardar a felicidade que ele ia sentir e pela qual esperavam receber uma grande recompensa, porque a criança era muito querida por ele, embora fosse a última de doze.

Ao nascer do sol, elas partiram: quanto a mim, fingi continuar minha jornada, parabenizando-me por ter colocado minha sobrinha numa situação tão vantajosa. Para aumentar ainda mais sua segurança e fazer esse pai postiço se apegar à garotinha, tomei a forma de uma daquelas mulheres que leem a sorte e, encontrando-me na porta do comerciante, quando as amas de leite a levaram de volta para ele, fui com elas. Ele as recebeu com alegria e, tomando a garotinha nos braços, deixou-se enganar pelos pré-julgamentos do amor paterno, acreditando firmemente que suas entranhas estavam sendo remexidas diante da visão dela; eram apenas os efeitos da sua bondade, que ele confundia com os da natureza. Aproveitei esse momento para aumentar a ternura que ele imaginava sentir.

'Olhe atentamente para esta menininha, meu bom senhor', eu lhe disse, naquela linguagem comum às pessoas cujo tipo de roupa eu vestia; 'ela honrará grandemente sua família, lhe trará muitos bens e salvará sua vida e a de todos os seus filhos; será tão bela, tão bela, que todos que a virem a chamarão assim'. Como recompensa pela minha profecia, ele me deu uma moeda de ouro e eu me retirei muito feliz.

Não havia mais nada que me obrigasse a morar com a raça de Adão. Para desfrutar do meu lazer, passei por nosso império, determinada a permanecer ali por algum tempo. Fiquei lá tranquilamente para consolar minha irmã, dando-lhe notícias de sua amada filha e assegurando-lhe que, longe de tê-la esquecido, o senhor cultivava sua lembrança com a mesma ternura que tivera por sua pessoa.

Eis, grande rei, qual era a nossa situação, enquanto o senhor era trespassado pelo novo infortúnio que o havia privado de sua filha e que renovava as dores que a perda da mãe dela o fizera sentir. Embora o senhor não pudesse acusar por esse acidente diretamente a pessoa a quem a confiara, foi-lhe impossível, no entanto, impedir a si mesmo de olhar para ela com um olhar atravessado, porque, se por um lado não parecia que ela fosse culpada, por outro ela não era capaz de se justificar quanto à sua negligência, que o acontecido tornava criminosa.

Depois dos primeiros tormentos de sua aflição, ela acreditava que não haveria mais obstáculos que o impediriam de se casar com ela; ela fez seus emissários lhe dirigirem de novo as propostas dela; mas foi desiludida e ficou extremamente mortificada quando o senhor declarou que não apenas sua disposição de se casar outra vez não era maior que antes, como, mesmo que mudasse de ideia, não seria jamais com ela. A essa declaração, o senhor anexou uma ordem para que ela deixasse seu reino sem demora. A presença dela lhe trazia a lembrança de sua filha e renovava suas dores: esse foi o pretexto de que o senhor lançou mão; mas a principal razão era o seu desejo de pôr fim às armações que ela continuamente fazia para alcançar seu objetivo.

Ela ficou indignada, mas teve de obedecer sem poder se vingar. Eu tinha colocado uma de nossas fadas mais velhas para protegê-lo. Seu poder era considerável, porque acrescentava aos muitos anos de prática a vantagem de ter sido quatro vezes serpente. Como há um perigo extremo nesse tipo de transformação, também há honras e uma duplicação de poder em decorrência disso. Essa fada, em consideração a mim, tomava o senhor sob sua proteção e deixou sua irritada amante sem condições de lhe fazer nenhum mal.

Esse contratempo foi favorável à rainha cuja semelhança a fada má havia tomado. Ela a fez sair do sono e, ocultando-lhe o uso criminoso que havia feito de sua imagem, a fez ver apenas a beleza de todas as suas ações. Ela não se esqueceu de valorizar seus bons préstimos e os problemas que havia lhe poupado; e, para que ela continuasse ela mesma seu próprio personagem, deu-lhe conselhos salutares para se manter. Foi então que, procurando consolar-se por sua indiferença, voltou para perto do príncipe e renovou seus cuidados com ele; ela se afeiçoou muito a ele, o amou demais, e, não sendo capaz de se fazer amar, o fez sentir o efeito terrível de sua fúria.

No entanto, o momento em que alcancei a categoria de veterana chegara sem eu perceber, e meu poder aumentava, mas o desejo de servir minha irmã e ao senhor me convenceu de que ele ainda não era suficiente. Com minha sincera amizade mascarando o perigo do Ato Terrível, eu quis enfrentá-lo. Tornei-me uma serpente e me saí bem; foi o que me permitiu agir sem mistério a serviço daqueles que nossas más companheiras oprimem. Se não posso em todas as ocasiões destruir completamente os encantamentos funestos, com frequência tenho o poder para isso, pelo menos domino a mestria para suavizá-los com minha força e meus conselhos.

Minha sobrinha estava entre aquelas pessoas para as quais eu não podia fazer um favor por completo. Não ousando revelar o interesse que tinha nela, pareceu-me mais apropriado deixá-la como alguém da família do comerciante; ia vê-la com frequência disfarçada de várias formas e sempre voltava satisfeita. Sua virtude e beleza se igualavam à sua personalidade. Com catorze anos, ela já demonstrara uma admirável confiança em meio à boa e à má sorte que seu pretenso pai experimentara.

Fiquei feliz de saber que os reveses mais cruéis de forma alguma tinham sido capazes de alterar sua tranquilidade. Pelo contrário, por sua alegria, pela suavidade de sua conversa, ela assumira o dever de devolvê-la a seu pai e a seus irmãos, e foi com prazer que constatei que ela tinha sentimentos dignos de seu nascimento. Mas essa alegria misturou-se à mais cruel amargura quando me lembrei de que toda aquela perfeição estava destinada a um monstro. Eu trabalhava, procurava em vão noite e dia os meios de evitar um infortúnio tão grande para ela, e ficava desesperada por não conseguir imaginar nada.

Essa preocupação não me impedia de fazer viagens frequentes para perto do senhor. Sua esposa, que não estava em liberdade, constantemente me pedia para ir vê-lo e, apesar da proteção de nossa amiga, com seu jeito terno ela ficava alarmada achando sempre que os momentos em que eu o perdia de vista eram os últimos de sua vida e aqueles que nossa inimiga sacrificava à sua fúria. Essa apreensão a perturbava tanto que ela mal me dava o tempo de descansar. Quando eu vinha lhe contar a condição em que o senhor estava, ela me implorava com tanta insistência que voltasse que ficava impossível lhe recusar isso.

Comovida com a preocupação dela, e desejando mais fazê-la parar que propriamente me poupar do trabalho que ela me causava, usei contra nossa bárbara companheira as mesmas armas que ela utilizara contra nós, e fiz o grande livro ser aberto. Felizmente, isso ocorreu no momento da conversa dela com a rainha e com o príncipe, justamente a mesma que terminou com a metamorfose dele. Não perdi uma palavra, e meu prazer foi extremo ao ver que, para melhor assegurar sua vingança, ela destruía, sem saber, o mal que a Mãe dos Tempos havia feito conosco, ao sujeitar Bela a se casar com um monstro. Para cúmulo da minha felicidade, ela a colocava em circunstâncias tão vantajosas que parecia que as havia feito de propósito e com a única intenção de me agradar, pois fornecia à filha de minha irmã a oportunidade de mostrar que ela era digna de vir do sangue mais puro das fadas.

Um sinal, o menor gesto, exprime entre nós tudo o que as pessoas comuns não conseguiriam pronunciar em três dias. Eu disse apenas uma palavra com ar de desprezo, e bastou para dar a conhecer à assembleia que o processo de nossa inimiga havia sido feito por ela mesma, na prisão que ela engendrara dez anos atrás contra sua esposa. Na idade desta última, parecia mais natural haver fraquezas de amor que no caso de uma fada da primeira ordem e de idade mais avançada: falo das baixezas e das más ações que tinham acompanhado esse amor fora de hora. Argumentei que, se tantas infâmias permaneciam impunes, haveria motivo para dizer que as fadas estavam no mundo apenas para desonrar a natureza e afligir o gênero humano. Ao apresentar o livro a elas, resumi minha súbita arenga numa única palavra: vejam; e ela não deixou de ser muito poderosa. Além do mais, eu tinha amigas jovens e veteranas, que trataram a velha apaixonada como ela merecia; ela não tinha conseguido se casar com o senhor, e a esse castigo foi acrescentada a desonra de ser destituída da ordem, e depois ela foi tratada como a rainha da Ilha Feliz.

Essa assembleia se deu enquanto ela estava com o príncipe; assim que a inimiga apareceu, o resultado lhe foi notificado. Tive o prazer de testemunhar a cena. Depois disso, fechando o livro, desci apressadamente da região média do ar, onde fica nosso império, para me opor ao efeito do desespero ao qual o senhor estava prestes a se entregar. Não usei mais tempo para fazer essa viagem do que havia gasto em minha lacônica argumentação. Cheguei imediatamente para lhe prometer minha ajuda: todos os tipos de razão me convidavam a isso."

Então, dirigindo-se ao príncipe, ela disse:

– Suas virtudes, seus infortúnios, a vantagem que encontrei para Bela me faziam ver em você o monstro que mais me convinha. Vocês me pareciam os únicos dignos um do outro, e não duvidei de que, quando se conhecessem, seus corações se fariam justiça mutuamente.

E, voltando-se para a rainha:

– A senhora sabe o que fiz desde então para conseguir isso, e por quais meios forcei Bela a vir a este palácio, onde a visão do príncipe e sua conversa, das quais eu a fazia desfrutar em sonho, tiveram o efeito que eu poderia desejar. Elas inflamaram seu coração sem abalar sua virtude e sem que esse amor tivesse o poder de enfraquecer o dever e a gratidão que a prendiam ao monstro: enfim, conduzi com sucesso todas as coisas à sua perfeição.

Depois, virou-se novamente para o príncipe:

– Sim, príncipe, você não tem nada a temer da parte da sua inimiga. Ela foi despojada de seu poder e jamais será capaz de prejudicá-lo com novos encantamentos. Você cumpriu exatamente as condições que ela lhe lançou; pois, se não as tivesse executado, elas sempre iriam permanecer, apesar de sua eterna desgraça. Você se fez amar sem a ajuda de sua mente e de sua linhagem; e você, Bela, está igualmente livre da maldição que a Mãe dos Tempos lhe havia imposto. Você, por sua própria vontade, escolheu um monstro para seu marido: ela não tem mais nada a exigir, tudo agora é dirigido à sua felicidade.

A fada parou de falar e o rei se jogou a seus pés.

– Grande fada – disse ele –, como eu poderia agradecer por todas as bondades com que se dignou a cumular minha família? O reconhecimento que tenho por sua benevolência está infinitamente acima de qualquer expressão. Mas, minha augusta irmã – acrescentou –, esse nome me incentiva a lhe pedir ainda novas graças; e, apesar das obrigações que tenho para com você, não posso deixar de lhe dizer que não serei de forma alguma feliz enquanto estiver privado da presença da minha querida fada. O que ela fez, o que sofre por mim, aumentaria meu amor e minha dor, se um e outro não estivessem ambos no seu mais alto ponto. Ah, senhora – acrescentou –, não poderia coroar seus atos de bondade permitindo-me vê-la?

O pedido era inútil. Se a fada fosse capaz de lhe prestar esse bom serviço, ela era zelosa demais para esperar que ele pedisse, mas não podia desfazer o que a assembleia das fadas havia ordenado. Como a jovem rainha estava prisioneira na região média do ar, não havia possibilidade de usar de um artifício para que ele pudesse vê-la. A fada se preparava para, delicadamente, fazê-lo entender isso, exortá-lo a ser paciente e aguardar alguns acontecimentos imprevistos dos quais prometia tirar proveito, quando uma deliciosa sinfonia se fez ouvir e a interrompeu.

O rei, sua filha, a rainha e o príncipe ficaram extasiados, mas a fada teve outro tipo de surpresa. Aquela música indicava o triunfo das fadas. Ela não entendia quem poderia ser a que estava triunfando. Seu pensamento se fixou na velha, ou na Mãe dos Tempos, que em sua ausência talvez tivessem conseguido, uma a liberdade, a outra a permissão para criar novos obstáculos para seus amantes. Ela estava em meio a essa perplexidade quando foi agradavelmente tirada dela pela presença da fada sua irmã, rainha da Ilha Feliz, que apareceu de repente no meio daquela encantadora tropa. Ela não estava menos bonita que quando o rei seu esposo a havia perdido. O monarca, que a reconheceu imediatamente, deixando-se tomar pelo respeito que devia ao amor que preservara para ela, beijou-a com tal ímpeto e alegria que surpreendeu a própria rainha.

A fada sua irmã não podia imaginar a que prodígio feliz ela devia a sua liberdade; mas a fada coroada disse-lhe que ela só devia sua felicidade à sua própria coragem, que a levara a arriscar sua vida para salvar outra.

– Você sabe – disse ela à fada –, que a filha de nossa rainha foi recebida na ordem ao nascer, mas que ela não é amparada por um pai sublunar, e sim pelo sábio Amadabak, cuja aliança honra as fadas, e que é muito mais poderoso que nós por sua ciência sublime; apesar disso, sua filha não pode se furtar ao dever de se tornar serpente após seus cem primeiros anos. Esse momento fatal chegou, e nossa rainha, mãe tão sensível em relação a essa criança querida, e tão preocupada com seu destino quanto poderia sê-lo uma pessoa qualquer, não conseguiu decidir-se a abandoná-la ao risco dos acidentes que poderiam fazê-la perecer nesse estado, e, em sua primeira juventude, os infortúnios daquelas que sucumbiram a ele se tornaram muito comuns para justificar seus temores.

"A situação dolorosa em que eu estava me privava de toda esperança de rever meu querido esposo e minha amável filha; sentia uma intensa mágoa por uma vida que tinha de passar separada deles; então, sem hesitar, decidi me oferecer para rastejar a fim de libertar a jovem fada; via com alegria um meio seguro, rápido e honrado de me libertar de todos os infortúnios pelos quais era atingida, por meio da morte ou por uma liberdade gloriosa que, ao me tornar senhora do meu destino, me permitiria juntar-me ao meu esposo.

Nossa rainha não titubeou em aceitar essa oferta, tão bem-vinda para o amor materno que eu não hesitara em fazer. Ela me beijou uma centena de vezes e prometeu restaurar-me todos os meus privilégios, me devolver incondicionalmente minha liberdade, se eu tivesse a sorte suficiente para escapar desse perigo. Eu me desincumbi da tarefa sem acidente; o fruto de meus sofrimentos foi atribuído à jovem fada, em nome de quem eu me expunha; imediatamente recomecei para meu proveito. O feliz sucesso do meu primeiro Ato Terrível me incentivou para o segundo, em que também fui bem-sucedida. Essa ação me tornou uma veterana e, portanto, independente. Não demorei a aproveitar minha liberdade para vir aqui e me juntar a uma família tão querida."

Quando a rainha fada acabou de informar sua audiência, as carícias recomeçaram. Era uma confusão encantadora: eles faziam carinhos uns nos outros, quase sem se ouvirem, especialmente por parte de Bela, encantada por pertencer a pais tão ilustres e por não ter mais medo de desonrar o príncipe seu primo, levando-o a fazer uma aliança indigna dele.

Mas, embora tomada por sua felicidade sem igual, ela não esqueceu o homem que acreditara ser seu pai. Lembrou à fada sua tia a promessa que lhe havia feito de permitir que ele tivesse com os filhos a honra de assistir à festa de seu casamento. Ainda estava falando novamente com ela sobre isso, quando, pela janela, viu surgirem dezesseis pessoas a cavalo, em sua maior parte com trombetas de caça, e parecendo muito embaraçadas. A desordem dessa tropa mostrava claramente que os cavalos os tinham trazido à força. Bela os reconheceu facilmente como sendo os seis filhos do velho, suas irmãs e seus cinco namorados.

Todos, exceto a fada, ficaram surpresos com aquela entrada repentina. Os que chegavam não ficaram menos espantados de se ver transportados pelo ímpeto de seus cavalos a um palácio que lhes era desconhecido. Eis como esse acidente aconteceu com eles. Todos estavam caçando quando os cavalos formaram um pelotão e correram rapidamente para o palácio, sem que lhes fosse possível contê-los, apesar de todos os esforços que puderam fazer.

Bela, esquecendo sua dignidade atual, apressou-se em ir ao encontro deles para tranquilizá-los. Beijou a todos gentilmente. O velho apareceu também, mas foi sem confusão. O cavalo tinha vindo relinchar e arranhar sua porta. Ele não teve dúvida de que viria buscá-lo da parte de sua amada filha. Serviu-se dele sem medo e, imaginando bem aonde sua montaria o levava, não se surpreendeu ao se encontrar no pátio de um palácio que revia pela terceira vez e aonde suspeitava que fora conduzido para participar do casamento de Bela e da Fera.

Assim que a viu, correu para ela de braços abertos, abençoando o momento feliz que a apresentava diante de seus olhos; e, cobrindo de bênçãos a generosa Fera que permitia seu retorno, passeou o olhar por todos os lados, com a intenção de prestar-lhe graças muito humildemente pelas bondades que fizera a sua família e, em especial, à última de suas filhas. Decepcionou-se por não vê-la de forma alguma e temeu que suas conjeturas fossem falsas. No entanto, a presença de seus filhos lhe permitia acreditar que pensara corretamente e que eles não seriam atraídos para aquele lugar se não se tratasse de uma comemoração solene, como deveria ser aquele casamento.

Essa reflexão que se fazia em seu interior não impediu que ele apertasse ternamente Bela em seus braços, molhando-lhe o rosto com as lágrimas que sua alegria o fazia derramar.

Após lhe permitir usufruir por um tempo daquelas expressões de afeto, a fada disse:

– Basta, você já fez uma quantidade de carícias suficientes nessa princesa, é hora de, deixando de olhá-la como pai, você ficar sabendo que esse título não lhe pertence, e que agora deve lhe fazer as honras como sua soberana. Ela é princesa da Ilha Feliz, filha do rei e da rainha que você vê; e vai se tornar esposa deste príncipe. Aqui está a rainha mãe dele, irmã do rei. Sou uma fada amiga dela e tia de Bela. Quanto ao príncipe – acrescentou, vendo que o velho o olhava fixamente –, ele é mais conhecido de você do que pensa, mas está diferente de como o viu; em uma palavra, ele é a Fera.

Ao ouvir notícias tão surpreendentes, o pai e os irmãos ficaram impressionados, enquanto as irmãs sentiam um ciúme doloroso; mas elas o disfarçavam sob a aparência de uma satisfação afetada que não enganava ninguém; no entanto, as pessoas fingiam crer que elas eram sinceras. Os namorados, a quem a esperança de possuir Bela tornara inquietos e que haviam retomado seus primeiros envolvimentos em desespero para conquistá-la, não sabiam o que pensar.

O comerciante não pôde deixar de chorar, incapaz de decidir se suas lágrimas vinham do prazer de ver a felicidade de Bela ou da dor de perder uma filha tão perfeita. Seus filhos estavam tomados pelos mesmos sentimentos. Bela, extremamente sensível a suas demonstrações de ternura, implorou àqueles de quem ela dependia então, bem como ao príncipe, seu futuro esposo, que lhe permitisse reconhecer uma afeição tão terna. Seu pedido era uma demonstração clara demais da bondade de seu coração para que não fosse ouvido. Foram-lhes dados muitos bens e, por concessão do rei, do príncipe e da rainha, Bela continuou a chamá-los pelos nomes afetuosos de pai, irmãos e até irmãs, embora ela não ignorasse que estas últimas não tivessem mais seu coração, da mesma forma que não tinham seu sangue.

Ela quis que todos continuassem usando o mesmo nome pelo qual a chamavam quando acreditavam que ela pertencia à família. O velho e seus filhos ganharam empregos na corte de Bela, e desfrutaram continuamente da felicidade de morar junto com ela em uma posição ilustre o suficiente para merecerem a consideração geral; quanto aos namorados das irmãs, cuja paixão seria facilmente reavivada se não se tivessem dado conta de sua inutilidade, eles se sentiram muito felizes em se unir às filhas do velho e em se casar com pessoas que Bela tratava com tanta bondade.

Todos aqueles que ela desejava que estivessem presentes em seu casamento haviam chegado. Ele não foi adiado por mais tempo e, durante a noite que se seguiu àquele dia feliz, o príncipe não foi de forma alguma atingido pelo encantamento entorpecedor ao qual sucumbira no casamento da Fera. Os augustos festejos duraram muitos dias. Só terminaram porque a fada, tia da jovem esposa, os advertiu de que não deveriam demorar muito para deixar aquela bela solidão e que era necessário voltarem a suas terras para se apresentar aos seus súditos.

Era o momento de lembrá-los de seu reino e dos deveres indispensáveis que os solicitavam ali. Encantados com o lugar em que moravam, inebriados do prazer que tinham de amar um ao outro e de confessar isso mutuamente, eles haviam esquecido por completo a grandeza soberana, bem como as tarefas que disso decorriam. Os recém-casados chegaram mesmo a sugerir à fada que eles abdicassem e consentissem que ela dispusesse do posto deles em favor de quem julgasse adequado; mas essa inteligência sábia lhes fez ver com firmeza que eram obrigados a cumprir o destino que lhes confiara o governo de seu povo, e que esse mesmo povo deveria manter por eles um respeito eterno.

Eles cederam a esses justos argumentos; mas o príncipe e Bela conseguiram que, às vezes, pudessem se dirigir àquele lugar para relaxar dos problemas inerentes a suas condições, e que fossem servidos ali pelos gênios invisíveis ou pelos animais que lhes haviam feito companhia nos anos anteriores: eles desfrutaram o máximo que puderam dessa liberdade. A presença deles parecia embelezar aquele lugar: tudo se empenhava em agradá-los. Os gênios os esperavam ali impacientemente e, recebendo-os com alegria, demonstravam-lhes de cem maneiras o júbilo que sentiam com seu retorno.

A fada, cuja previdência estava atenta a tudo, deu-lhes uma carruagem puxada por doze cervos brancos com chifres e cascos dourados, iguais aos que ela possuía. A velocidade desses animais superava a do pensamento e, por meio deles, era possível percorrer facilmente o mundo em duas horas. Dessa forma, eles não perdiam tempo em sua viagem: aproveitavam cada momento que podiam dedicar ao seu prazer. Também usavam essa imponente carruagem para ir com frequência ver o rei da Ilha Feliz, pai de Bela, a quem o retorno da rainha das fadas havia rejuvenescido tão prodigiosamente que ele não ficava atrás do príncipe seu genro em beleza e formosura. Ele também se mostrava feliz, não estando nem menos apaixonado nem menos empenhado que aquele em dar à esposa provas contínuas de seus sentimentos, a qual, por sua vez, respondia a isso com todo o amor que havia por tanto tempo causado seus infortúnios.

Ela fora recebida por seus súditos com ímpetos de alegria tão intensos quanto dolorosos tinham sido aqueles causados pela perda sensível de sua afeição, e os amou sempre ternamente; nada então se opôs ao seu poder: ela lhes forneceu por vários séculos todas as provas de boa vontade que eles puderam desejar. Seu poder, juntamente com a amizade da rainha das fadas, preservou a vida, a saúde e a juventude do rei seu esposo. Ambos deixaram de viver porque o homem não pode durar para sempre.

Ela e a fada sua irmã tiveram as mesmas boas intenções para com Bela, seu esposo, a rainha sua mãe, o velho e sua família, de modo que nunca se viu pessoas viverem tanto. A rainha, mãe do príncipe, não se esqueceu de escrever essa história maravilhosa nos arquivos daquele império e nos da Ilha Feliz para transmiti-la à posteridade. Cópias foram enviadas a todos os cantos do mundo, para que as maravilhosas aventuras de Bela e da Fera fossem eternamente mencionadas.